ALPHAPOLIS
WEB CITY SINCE 2000

最強の職業は解体屋です！ 2
ゴミだと思っていたエクストラスキル『解体』が実は超有能でした

A L P H A L I G H T

服田晃和
FUKUDA AKIKAZU

アルファライト文庫

フィーナ
サンフィオーレ魔具店の店主。
エルフ族で、お金に目がない。
アレクはお得意様。
アリス
ラドフォード家の令嬢《れいじょう》。
父親はフェルデア王国の
王弟《おうてい》。幼い頃、アレクと
友人になる。
アレク
本編の主人公。
名門貴族の次男として
生まれる。前世は日本人で、
解体作業のベテランだった。

登場人物紹介

SAIKYO NO SYOKUGYO WA KAITAIYA DESU!

CHARACTERS

ミリオ

Aランクパーティー
『蒼龍の翼』のリーダー。
穏《おだ》やかで人望がある。
戦闘では前衛《ぜんえい》を受け持つ。

ネフィリア

フェルデア王国の
王都にある、
ウォーレン学園の教師。
『ダンジョンの仕組み』の
講義を担当。

ヴァルト

バッカス侯爵家《こうしゃくけ》の長男。
実直《じっちょく》で曲《ま》がったことが大嫌《だいきら》い。
幼い頃、アレクと友人になる。

ウォーレン学園に入学してから約二週間。

学園のFランクダンジョン最下層にて、ゴブリンロードを倒した俺――アレクは、ボス部屋の奥に転移の陣《じん》を見つけた。

それを踏《ふ》むと、淡《あわ》い光が俺を包み込み、一瞬でFランクダンジョンの受付横へと転移した。

そこには生徒達が溢《あふ》れかえっており、俺が突然現れたことに驚《おどろ》いていた。

二人いる受付のお姉さんが驚愕《きょうがく》の表情を浮かべ、うち一人が駆《か》け寄ってきた。

「あ、あの。転移してきたということは……もしかして踏破《とうは》したのですか？」

生徒達はその言葉を聞いて、俺の顔とお姉さんの顔を、交互に見始める。周りがどんどん騒《さわ》がしくなってきた。

「はい。先程《さきほど》ダンジョンボスを倒して、転移の陣を踏んだらここに来ました」

「す、すみません、もう一度お願いします！」

お姉さんは事実確認のため、『真偽《しんぎ》の水晶』を取り出して言った。その様子を、周りの生徒達が食い入るように見つめてる。

俺は以前、冒険者ギルドで同じことがあったな、と思い出し笑いをする。ギルドマスターのランギルさんは元気だろうか。

「いいですよ。先程ダンジョンボスを倒して、その先にある転移の陣を踏んだらここに来ました」

お姉さんが水晶の状態を確認する。暫《しばら》く待っても、何の変化も起こらなかった。

「……本当のようですね。それでは帰還《きかん》報告の完了と共に、Fランクダンジョン踏破の登録をさせて頂きます！」

「分かりました。Sクラス所属アレク、只今《ただいま》帰還いたしました」

俺はステータスカードをお姉さんに渡す。このやり取りも慣れたもんだ。

「……確認が取れました。アレクさん、Fランクダンジョンの最速踏破、おめでとうございます！　歴代一位の記録です！　引き続き、Eランクダンジョンの踏破を目指して頑《がん》張《ば》ってください！」

お姉さんが俺の栄誉《えいよ》を称《たた》え、拍手《はくしゅ》をしてくれた。

周りにいた生徒達も拍手をしてくれる。勿論《もちろん》歓声つきでだ。

「すげーな！　まだ入学して二週間経《た》ってないぞ！　しかも一人で攻略ってどんだけ強いんだよ！」

「私あの人と一緒に試験受けたんだけど、『不壊《ふえ》の的《まと》』を半分消し飛ばしたのよ。あれ不正じゃなかったんだわ」

やがて、ひときわ大きな歓声があがる。生徒達は受付の上を指さしていた。

見ると、ボードの一番上に『アレク』、その横には『攻略済み』の文字が記載されている。

こうして俺は、晴れて名誉ある、ダンジョン攻略一番の称号を手に入れたのだった。


四日後、ネフィリア先生の講義終了後。

俺はいつものように先生の傍《そば》へ駆け寄り、ダンジョン踏破の報告とお礼を伝えていた。

「先生のおかげで、無事にダンジョンを踏破することが出来ました」

俺がお辞儀《じぎ》をすると、先生は照《て》れながら手を横に振る。

「いえいえ！　講義をしっかり聞いていたアレク君自身の力ですよ！　もっと誇《ほこ》ってください！」

「ありがとうございます！　でも、先生がくれたこの地図に勇気を貰《もら》いました！」

俺はそう言って地図を取り出した。だが先生は首を傾《かし》げる。

「それ、なんですか？　先生そんなもの知りませんよ？」

「え？　俺の部屋の扉に挟《はさ》んでありましたよ！　先生が心配して、置いていってくれたんでしょ？」

「いえ……先生はアレク君の部屋を知りませんし。それに先生は、特別な理由がない限り、寮《りょう》には入れないんですよ」

「え……じゃあこれは誰が？」

先生のものだと思っていたから大切にしていたのに。じゃあ一体誰が？

俺を貶《おとし》めるための偽《にせ》地図なら、クラスメイトの可能性もあるけど、地図は正確だった。

俺はもやもやを抱《かか》えたまま、講堂を後にして、先生の研究室に同行した。

先生の研究室は、ツーンとした薬品の匂いがする。この匂いを嗅《か》いだら、先生が近くにいるのが分かるくらいだ。

その後、先生と暫く談笑《だんしょう》したのち、俺は久しぶりに食堂へ向かった。

今なら生徒達もダンジョン攻略で忙しくしているはず、と思っていたが、食堂は相変《あいか》わらず混雑《こんざつ》しており、空席《くうせき》が見当たらなかった。

仕方なく購買でパンを購入し、中庭のベンチで昼食をとることにした。

ベンチに座り、パンを一齧《かじ》りしながら空を見上げる。

学園に入学した当初は、友人を作ってワイワイしたいという願望もあったが、それも薄れてきた。

姓がないからという理由だけで差別し罵倒《ばとう》したり、根拠《こんきょ》もないのに不正と決めつけ噂《うわさ》を流したりする、碌《ろく》でもないやつばかりだからだ。

この学園に来た一番の目的である、幼馴染《おさななじみ》のアリスとの関係もうまくいっていない。同じく幼馴染のヴァルトとは再会すら出来ていない。

もしこのまま、アリスと仲直りすることも叶《かな》わなければ、学園に来た意味がなくなってしまう。これから俺はどうすればいいんだ。

一人悲しみに暮《く》れていると、食堂からこちらに向かって男女が歩いてきた。

男の方は学園の制服を着ており、袖《そで》のラインが「青」「赤」となっているので、一年生のAクラスだと分かった。遠くから見ても容姿《ようし》が整《ととの》っている。

そしてもう一人はメイド服を着た女の子だった。特徴的《とくちょうてき》な犬の耳を持つ、亜人の『犬人族』だ。

二人は真っすぐ、俺が座っているベンチの方へと歩いてきた。

貴様らもしかして、ここでキャッキャウフフするんではなかろうな！　先生そんなこと許しませんよ！　お前達に何と言われようがここをどかぬ！　退《ひ》かぬ媚《こ》びぬ省《かえり》みぬ！

「お前がアレクか？」

男は俺の前に立つと、ベンチに座ることなく声をかけてきた。どうやら俺に用があったようだ。

「そうだけど。何か用か？」

俺が返事をすると、イケメンはニヤリと笑って、女の子へ顔を向けた。

「ほら見たかニコ！　こいつがアレクで合っていたではないか！　私が間違えるわけないだろう！」

イケメンは腰に手をやり、それ見たことかと自慢げな表情をしている。

ニコと呼ばれた女の子は、無表情で手をパチパチ叩いていた。

イケメンは俺の方へと向き直り、俺の名前を再び呼んだ。

「久しぶりだなアレク・カールストン！ 貴様の名前をダンジョンのボードで見た時には驚いたぞ！ まさかこんな所で再会するとはな、友よ！」

俺は突然のことに驚き、口に含んでいたパンを喉《のど》に詰《つ》まらせてしまう。

「ゲホゲホッ。……なんで俺の姓を知ってるんだ」

俺の実家がカールストン家だと知っていて、「再会」という言葉を使った。だがこんなイケメン、俺は知らないし――

「……お前まさか、ヴァルトか？」

俺は頭の中から、唯一友人と思われる名前を引っぱり出して呼んだ。

六歳の時に初めて出会い、最初は仲良くなれそうにないと思ったが、会うたびに話すようになった幼馴染。

男は満面の笑《え》みを浮かべ、俺の隣《となり》へと勢いよく座った。

「そうだ！ バッカス家のヴァルト様だ！ 久しいなアレク！ 最後に会ったのはアリス様の八歳の誕生日会《たんじょうび》の時だから、八年ぶりか？」

「ヴァルト様、それなら五年ぶりです」

今の会話で俺は確信した。こいつは間違いなくヴァルトだ。

言っちゃ悪いが、こいつは少しバカなんだ。簡単な計算でも間違えるし、アランデル語も読み間違えたり、書きミスしたりする。

ちなみにアランデル語とは、この世界の共通語だ。俺は『言語理解』のスキルがあるため、一番理解しやすい言語、日本語で読み書きをしているけど。

「そうかそうか。それでアレク。なぜあれから顔を出さなかったのだ？　パーティーでお前とアリス様と遊ぶのを楽しみにしていたのに。アリス様なんて、号泣《ごうきゅう》して酷《ひど》かったのだぞ！　それに手紙を返さないとは何事か‼」

「あー……色々《いろいろ》あったんだよ。色々さ」

「色々とはなんだ。病気か？　それと、なんで貴様は姓を名乗らない。貴族の誇りではないか！」

久しぶりに会ったヴァルトは、以前より積極性《せっきょくせい》が増している気がする。

別にこいつに教える必要もないのだが、久しぶりなせいか、俺は口が軽くなってしまった。

「……『鑑定《かんてい》の儀』の結果、職業が『魔導士』でも『魔術士』でもなかった俺は、カールストン家にとって不要な存在になったんだ。だからパーティーに行くことも許されず、お前達に手紙を送ることさえ出来なかった。それから毎日山にこもって、モンスター狩《が》りをしてた。両親とも兄とも顔を合わせることはなくなったよ。食事も別々だったしな」

ヴァルトは俺の目を見て何度も頷《うなず》き、必死に理解しようとしてくれていた。こいつは昔から、友達を大切にする割といいやつだ。

「俺が十一歳の誕生日を迎《むか》える頃、兄さんがこの学園の『Aクラス』に入学したから、お前はいらないって遠回《とおまわ》しに言われたんだ。だから俺は、この学園の入学金を一人立ちの資金として貰うことで、カールストン家を出ることにしたんだよ。お前とアリスに会うためにな。だから俺は、ただのアレクになったんだ」

「……そんなことがあったのか。だがお前はFランクダンジョンを一人で攻略出来る程の才覚《さいかく》を持っているではないか！　そんなお前がなぜ？」

「俺の職業名知ってるか？　『解体屋』だぞ。そんな職業は、平民の仕事だって両親に言われてな。恥《はじ》さらしとまで言われたよ。今となってはあの家と縁《えん》を切れて良かったけどな」

俺は苦笑《くしょう》して返事をする。重い空気を少しでも軽くしようとしたのだが、ヴァルトはそんなことを気にせず、会話を続けてくれた。

「そうだったのか。だから私達と連絡を取れなかったのだな。だが、こうして再会出来たのなら何も問題はない！　それなのに、なぜお前はアリス様と一緒にいないのだ？　友人ではないか！」

「なんでか分からないけど、嫌《きら》われてるんだよ。入学してすぐに声をかけたんだけど、『どなたかしら？』って言われたからな」

「そうだったのか。では今週のアリス様の誕生日、貴様は何も渡さないのか？」

アリスの誕生日という言葉を聞いて、俺は昔の記憶を思い出す。

そういえば、二回だけだったが、アリスの誕生日会に呼ばれて行ったな。それで髪留《かみど》めをプレゼントしたっけ。昔の話だ。

新入生代表の挨拶《あいさつ》の時にはつけていたと思ったんだが、ダンジョン内で見かけた時はつけていなかったから、捨ててしまったのだろう。

「……そうだな。アリスの誕生日は勿論覚えてるけど、どうせ受け取って貰えない。少し待つことにするよ。本当はもうこの学園にいる必要もないと思ったんだけどな。お前がいるなら話は別だ」

俺は悲しげな表情でうつむき、指を弄《いじ》り始める。

本当は渡したいんだけどな。この世界で出来た初めての友人だし。

そんな俺の思いを知ってか、ヴァルトも悲しげな表情になる。

「……辛《つら》かったのだな。私にも分かるぞ、アレク。ニコが我が家《や》に来てからというもの、やれ運動しろだの、甘いものを控《ひか》えろだの、十八時以降の飲食はダメだのと、とても辛かったのだ。本当に死ぬかと思った」

ヴァルトは涙を流して自分の過去を語った。正直《しょうじき》、何言ってるんだコイツという感じだが、ヴァルトのこういうところが俺は憎《にく》めない。

だが、ヴァルトの発言を聞いて、ニコが無表情で説教し始めた。

「ヴァルト様。アレク様と貴方《あなた》の過去を同列に語れるわけがないでしょう。そんな頭だからSクラスに合格出来ないのですよ。もう少し知恵をおつけになられてはどうですか？」

おいおい。お付きのメイドといえど、流石《さすが》にそこまで言ったらまずいんじゃないのか？

横に座るヴァルトを見ると、やはり怒っているようだ。俺は話を遮《さえぎ》って話題を変える。

「そういえばヴァルト。ニコさんはお前のお付きの人みたいだが、いつからなんだ？　昔は見かけなかったが。歳《とし》も俺達と同じくらいだろ？」

「ん？　ニコは私が八歳の時に『奴隷商《どれいしょう》』で出会ったのだ。酷くやつれていてな。可哀想《かわいそう》で、父上に無理を言って購入して貰ったのだ。歳は私達と同じだ！」

『奴隷商』か。俺も父上から聞いたことはあるが、購入しようとは考えたことすらない。

俺には、いまだに日本に住んでいた記憶が残っているからだ。

「やつれていたって言ったけど、今のニコさん元気そうで良かったな。お前が主人なんて少し心配だよ、俺は」

「何を言う！　ニコはいまだに、一人じゃ寝れないとか言って、私のベッドに入ってくるのだぞ！　それに風呂も『濡《ぬ》れるのが怖《こわ》い』とか言って、一緒に入らされるのだ！　本来であれば許されない行為なのだぞ？　主人が望んでいるのならばまだしも、奴隷が主人に願うなど無礼《ぶれい》にも程がある！」

ん、なんだって？　同じベッド？　一緒に風呂？

「それとニコ！　さっきのは一体なんだ！　貴様、自分がいくら可愛《かわい》いからといって、主人を馬鹿にするとは何事だ！」

ん？　ん？

「全く……私が貴様のことを好《す》いているから許しているのだぞ。私以外にはそんな態度とるなよ？　いくら私でも不敬罪《ふけいざい》は守ってやれん」

今は間違いなくシリアスな場面だったろ？　旧友と奇跡《きせき》の再会を果たして、俺の悲しい過去を知り、再び共に歩もうという展開じゃなかったのか？

なんでニコも、ヴァルトに惚気《のろけ》られて頬染《ほおそ》めてんだよ。

「話は逸《そ》れてしまったがアレクよ！　これからも友人として仲良くしていこうではないか！」

ヴァルトは、自分がニコに愛を囁《ささや》いているのに気づいてないらしい。

平然と俺に話を振ってくるので、俺はにっこり笑ってこう言い放ってやった。

「絶対に嫌《いや》だ」

そしてベンチから立ち上がり、ゆっくり食堂に向かって歩き出す。

喜べヴァルト。たった今、貴様は俺のとっておきリストに名前が加わったよ。『リア充《じゅう》クソ野郎』リストにな。

翌日、俺は王都の商店街へと足を運《はこ》んでいた。

昨日ヴァルトには渡さないと言ったが、アリスの誕生日プレゼントを買いに来ている。

やはりチャンスがあれば渡したいから、用意だけはしておこうと思ったのだ。

しかし、アリスもいいお年頃の女の子だ。ほとんど女性経験がない俺は、何をプレゼントしたらいいか迷《まよ》っていた。

「戦闘に使える武器か？　収納袋もいいよな。あとは……ポーション系か」

俺は悩《なや》みに悩んだ結果、サンフィオーレ魔具店へ向かった。

武器は好みがあるだろうし、収納袋もアリスなら所持しているはずだ。だったらいざという時のために、消耗品《しょうもうひん》をプレゼントするのがいいだろう。

二度もぼったくりに遭《あ》ってから、もう行くまいと決めていたのに、こんなにすぐに行く羽目《はめ》になるとは。

店の前に着いた俺は、ため息をこぼしながら扉を開けた。

扉の上についていた鈴《すず》が音を立てると、カウンターで頬杖《ほおづえ》をついていたフィーナさんがこちらに顔を向けた。

「いらっしゃーい！　本日は……ってアレク君か。もしかして、ポーション全部使っちゃったの？」

「こんにちは。ポーションは残ってますよ、一つも使ってません」

「あらそう。じゃあ何の用？　もしかして杖を買いに来たとか⁉」

フィーナさんの目が、「カモが来た！」というようなものに変わる。杖は高価だけど、俺ならすんなり買うと思ったのかもしれない。

「杖は今後も買いませんよ。今日は……その……」

俺ははっきりと伝え、今日の目的を伝えようとしたが、急に恥《は》ずかしくなって口ごもってしまう。

「じゃあ一体何買いに来たのよ。それ以外の商品は売ってないわよ？」

「今日はその……プレゼントを買いに来たんです」

「そうなのね！　相手は学生？　魔法は使うの？」

プレゼントと聞いて表情が明るくなるフィーナさん。椅子《いす》から立ち上がり俺の方へ歩いてくる。

「残念ながら魔法は使わない人なんです。ただ久しぶりにプレゼントするので、いいポーションをあげようかなと」

「そっかー残念。でもそれなら、とっておきのポーションをプレゼントしなきゃね！」

フィーナさんはそう言うと、奥の部屋へ駆けていった。

とっておきともなると、金貨五十枚くらいだろうか。今の俺の財力なら全然余裕で買えるな。

　五分程して戻ってきたフィーナさんは、豪華《ごうか》な装飾《そうしょく》が施《ほどこ》された箱を抱えていた。それをカウンターに置き、俺を手招《てまね》きする。

「うちのお店に置いてある中でも最上級のポーション。『フルポーション』よ！」

　開かれた箱の中には、装飾つきのフラスコのような形をした瓶《びん》が一本入っていた。かなり高価なポーションであることが分かる。

「フルポーションて、どんな効果があるんですか？　聞いたことがないもので」

「かなりレアな商品だから、知っている人も少ないわよ！　普通のポーションは擦《す》り傷や打撲《だぼく》を治《なお》して、体力を少し回復してくれる。ハイポーションは骨折や深い傷の治癒《ちゆ》に効果があって、体力を多く回復してくれるわ！　このフルポーションはね……なんと！　腕とか足とか切断《せつだん》されてもくっつけられちゃうのよ！　消滅《しょうめつ》とかしちゃってたら無理なんだけどね」

「凄《すご》いですね！　そんな効果があるなんて、冒険者からしたら喉から手が出る程欲しいんじゃないですか？」

「でしょでしょ！　使い方は、切り落とされた部位をくっつけながら直接かけるか、飲むか。ちなみに飲んだ方が後遺症《こういしょう》もないし、おススメよ。今ならお手頃価格！　一本、白金貨百枚よ！　ついでにハイポーションも五本つけちゃうわ！」

俺はフィーナさんの口から出た金額に絶句《ぜっく》した。ハイポーションの二百倍じゃないか。

「高すぎません？　それに、こんな高価なものプレゼントしても喜んでくれないと思うんですけど」

「そんなことないわ！　これがあれば一生残る傷をなかったことに出来るんだから！　それに君なら買えるでしょ？『オーク殺しのアレク』君」

なんだその微妙《びみょう》にダサい異名《いみょう》は！　フィーナさんがニヤニヤし始める。

「有名よねー。オークの睾丸《こうがん》を、対《つい》の状態で百も持ち込んだらしいじゃない！　ここには冒険者達がポーションを買いに来るからね。噂はすぐ耳に入るのよ。『白髪の子供が四体のオークを秒殺《びょうさつ》しているのを見た』ってね」

人の口には戸が立てられないと言うが、まさか一番耳にして欲しくない人物に聞かれてしまうとは。俺が大金を持っていることはもう知られているわけか。

仕方がない。いい商品なのは間違いないし、買っておいて損《そん》はないだろう。

全財産の四分の一が消えるわけだが、まだ余裕はある。

「分かりましたよ！　買わせて頂きます！」

「おお！　流石天下のアレク君！　太《ふと》っ腹《ぱら》ですなー！　こんな凄いプレゼントあげるなんて、お相手はどっかのお偉《えら》いさんかな？」

フィーナさんから箱を受け取り、収納袋にしまった。

大金を手にしたフィーナさんは、ほくほくした表情で両手で頬杖をついている。

「まぁ偉いと言えば偉いですね。公爵家《こうしゃくけ》の御令嬢《ごれいじょう》ですから。昔は髪留めとかプレゼントしたんですけどね」

俺の返事を聞いた瞬間、フィーナさんは「ズコッ」と音を立てて、まるでお笑い芸人のようにカウンターの上で崩《くず》れ落ちた。俺はその行動に驚きビクッとなる。

「ちょっと待って。君がプレゼントする相手って『女の子』なの？」

「え？　ええまぁそうですけど。何かおかしいですか？」

俺が真面目《まじめ》に答えると、フィーナさんは大きくため息をつき、呆《あき》れた表情になった。

「あのね、年頃の女の子がポーション貰って喜ぶわけないでしょ！」

「いや、でも他にプレゼントが思いつかなくて」

「フルポーション買えるだけのお金持ってたら、ブローチとかネックレスとか買えるでしょうが！　大通りに宝飾店《ほうしょく》があるから、そこでプレゼント買いなさいよ！　『キーリカ宝飾店』て名前のお店だから！」

フィーナさんは俺をビシッと指さして言った。

俺だってその手のプレゼントも考えた。ただ、アリスが受け取りにくいと思ったのだ。

まぁフィーナさんが言うのなら、宝飾品も見てみようか。

「分かりました。帰りに、その店に寄ってみます。じゃあこれは返品ということで」

俺がフルポーションの箱をカウンターに置こうとすると、フィーナさんによって阻止《そし》された。

「それはダメよ！　もうお金は貰っちゃったし！　サンフィオーレ魔具店は、返品交換は受け付けておりません！」

そう言いながら、両手をクロスさせてバツのポーズを取る。

可愛く言っているが、金額は全く可愛くない。

俺は深くため息をついて、箱を再び収納袋へと戻した。なんとなくだけど、フィーナさんには何を言っても無駄《むだ》だと思ったのだ。

「はぁ……一応お礼は言っておきます。ありがとうございました」

「こちらこそ！　またいらっしゃいな！」

屈託《くったく》のない顔で笑うフィーナさんは、まるで物語に出てくるヒロインのような可愛さがあった。

だが俺はもう惑《まど》わされない。次来る機会があったとしても、慎重《しんちょう》に行動しよう。

サンフィオーレ魔具店を後にした俺は、宝飾店へと歩き出す。

暫く道沿《ぞ》いに歩くと、看板を確認するまでもなく、ここが「キーリカ宝飾店」だろう、というお店に辿《たど》り着く。今まで見てきたどの店よりも、外観《がいかん》が煌《きら》びやかで、お店から出てきたお客も貴族のような格好をしている人ばかりだ。

俺は意を決してお店の戸を開けた。

宝飾品がケースにずらりと並んでいる。店員さんの佇《たたず》まいや身のこなしは上品なものだった。

俺はケースに並べられている品を見て、アリスに似合いそうなものを探《さが》していく。

「いらっしゃいませ！　本日はどういったものをお探しでしょうか！」

声をかけられ振り向くと、ダンディなおじさんが立っていた。

「えっと、友人に誕生日プレゼントを買おうと思ってるんですけど。何がいいのかさっぱり分からなくて……」

「誕生日プレゼントですか。お相手は女性の方でしょうか？」

「そうです。一応昔からの付き合いで、髪留めなんかは贈《おく》ったことがあるんですけど」

ダンディなおじさんは俺の話を聞くと、少し黙《だま》り込んだ後、ケースからネックレスを取り出した。シンプルなチェーンに、ダイヤが一つついている。

「こちらの、ダイヤのネックレスなんてどうでしょうか？　ダイヤモンドは四月の誕生石ですので、誕生日プレゼントにぴったりの品だと思います」

ダイヤのネックレスか。俺の勝手なイメージだけど、ダイヤモンドって結婚相手に送るイメージがあるんだよな。

「友人にダイヤのネックレスって重くないですかね？　髪留めとかの方がいい気がするん

ですけど」

「寧《むし》ろ、髪留めの方が重く捉《とら》えられてしまいますよ？　髪を留《と》めておく役割から、『束《そく》縛《ばく》』と思われる場合があります。その点、ネックレスなら大丈夫です！　あとは予算との兼《か》ね合いになりますが」

髪留めの話を聞き、俺は遠い昔のことを思い出す。

俺が髪留めをあげた時、周りがざわついたのはこのせいか？　アリスも心なしか、変な顔をしてた気がするし。今更《いまさら》だけど、めちゃくちゃ恥ずかしいな。

「そうなんですね。じゃあダイヤのネックレスにします。予算は白金貨三十枚くらいまでだったら大丈夫です」

「白金貨三十枚ですか！　それだけあれば十分いいものが買えますよ！　私の方で候補《こうほ》を挙《あ》げさせて頂きましょう！」

いくつかのネックレスを見せられたが、どれもピンと来ず、気に入ったものが見つからない。

ふと隣のケースに目を向けると、三日月形《みかづきがた》の台座に、小さなダイヤがちりばめられたネックレスを見つけた。少し子供っぽいデザインかもしれないが、アリスに似合うと思った。

「すみません。この三日月の形のやつでお願いします」

ダンディなおじさんにそう伝えると、ケースから取り出し、傷などの確認をしてくれる。

値段は白金貨二十五枚で、予算より安く済んだ。俺は代金を支払い、丁寧《ていねい》に箱詰めして包んで貰ったネックレスを収納袋へとしまい、店を後にする。

もしかしたら受け取ってくれるかもしれない。

そんな淡い期待を胸に抱《いだ》き、俺は帰路《きろ》につくのであった。

■

「全く。面倒な風習もあったものね」

四月二十五日の日曜日。休日だというのに私――アリスは学園の食堂を訪れていた。

今日は私の誕生日。この学園では生徒の親睦《しんぼく》を深めるために、自分の誕生日には食堂で昼食をとるという習《なら》わしが存在している。

実際は貴族の子息同士が交流を深めるための、暗黙《あんもく》のルールみたいなものらしいが。

「こんなことしている暇《ひま》があるなら、一刻も早くダンジョンに行ってレベル上げをしたいのに」

私は焦《あせ》りを覚えていた。この間、アレクがゴブリンジェネラルを倒した一件が、なぜか私の手柄《てがら》になっていたのだ。

あの日、アレクからゴブリンジェネラルの魔石を渡された私は、それが本物か受付の人に確認して貰った。本物だと分かった時、私は「アレクが倒した」と受付の人物に告《つ》げたはずだった。

それなのに新入生の間では、私がゴブリンジェネラルを倒したという噂で持ちきりになっていた。

私は他人の手柄を横取りする程、腐《くさ》ってはいない。何が起きているのかさっぱり分からなかった。だが、その話題もすぐに忘れ去られることになる。

なんとアレクが、たった一人で、Fランクダンジョンを攻略したのだ。

さらに凄いことに、歴代最速で攻略したらしく、アレクの名前は上級生にまで知れ渡った。

こればかりは、不正を疑《うたが》うものは誰一人としていなかった。

勇者ウォーレンが作り上げたダンジョンは、不正で攻略出来る程甘いものではないと、挑《いど》んでいる自分達が一番分かっているからだ。

「……まずは、どうして私がゴブリンジェネラルを倒したことになってたのか確かめなきゃ。誰が嘘《うそ》の噂を流したか知らないけど、そんな方法に何の意味もないのよ。真剣勝負でアレクに勝ってこそ、私の五年間は価値あるものになるんだから！」

呟《つぶや》きながら食堂の中に入ると、大勢の生徒が一斉に駆け寄ってきた。

「アリス様！　お誕生日おめでとうございます！」

「アリス様！　どうぞこちらへ！　席は既《すで》にご用意しております！」

生徒達はみな、私を祝うためにわざわざ集まってくれたのだろう。パーティーのように盛《も》り上がっている。

私が席に着くと、司会役の男の子が音頭《おんど》を取り、食堂内は静かになる。

「それでは、アリス様より一言頂戴《ちょうだい》したいと思います。お願いいたします」

「皆様。本日は私のためにこのようなパーティーを開いて頂き、ありがとうございます。お時間が許す限り親睦を深めてまいりましょう」

私が軽く挨拶をすると、周りから盛大《せいだい》な拍手が送られた。そして再び席に着くと、パーティーが再開された。

ご機嫌《きげん》取りをする連中が、プレゼントを持ち次々と私の所へやってくる。

自分達の領地の特産品や新しく発売されたおしろいなど、贈り物は様々《さまざま》。だが、この会場にいる皆、誰も私の心を見ていなかった。

会話をする時の目がそれを物語っている。本心からこの会場に来たかった者など一人もいないのだ。

私の隣の机に、どんどんと箱が積《つ》みあがっていく。それらが偽物《にせもの》の友情を具現化《ぐげんか》したものにしか見えなくなり、気分が悪くなってきた。

そのせいか、無理やり忘れ去ったはずの思い出がよみがえる。

初めてアレクから貰ったプレゼントは髪留め。私の髪色に合うように悩んだ結果、白い花飾《はなかざ》りがついた物をプレゼントしてくれたんだっけ。

恥ずかしそうに私にソレを渡してくれたアレクの姿は、どれだけ私がアレクを嫌いにな
ろうとも、頭から消せないのかもしれない。

その髪留めも学園に持ってきたはずなのに、いつの間にかなくなってしまった。

大切な大切な、私の宝物。探さなくてはいけないのに、なぜか心が動かなかった。

「……どうしたら昔みたいになれるのかしらね。アレク」

私はありえない妄想《もうそう》をする。

私とアレクの二人でダンジョンを攻略するのだ。笑いながら、時には喧嘩《けんか》もするけれど、
仲良くダンジョンを攻略する。

一緒に野営をしたり食事を一緒に食べたり。どれだけ楽しいのか私には想像がつかない。

もし、昔みたいになれたら。

でももう無理なのだ。私は歩み始めてしまった。復讐《ふくしゅう》の道を。

そんなことを考えていると、聞き覚えのある声が私の耳に入ってきた。

「やっと私の番か！　お久しぶりですアリス様。お元気そうで何よりだ！」

顔を上げると、顔見知りが二人、立っていた。

「久しぶりねヴァルト。それにニコも。二人とも元気そうで良かったわ」

私の心を締《し》めつけていた何かが、ふっと緩《ゆる》くなった気がした。

「ははは！　私はいつでも元気ですよ！　そんなことより十三回目の誕生日おめでとうございます！　ニコ、あれを！」

ヴァルトが大声で笑う姿を見ていると、なんだかこっちまで笑いそうになってしまう。

私はニコから一切れの紙を貰い、書かれた内容に目を通す。

『バッカス家秘伝～究極《きゅうきょく》ダイエット法～』……なにこれ」

「いやー、私も何が良いか迷ったのですが、ニコが名案を思いつきましてね！　私のダイエット法を記した秘伝の書になります！　女性にはこういうものが喜ばれると、ニコが教えてくれましたので！」

ヴァルトが喋《しゃべ》っているのを聞きながら、ニコの方へ顔を向けると、いつもの無表情だった。そうまでして、ヴァルトを取られたくないらしい。

「相変わらずね、ニコは。そんなことしなくても取る気なんかないわよ。安心しなさい」

「心得ております。ですが、万が一ということがございますので」

深々とお辞儀をするニコ。

この子はヴァルトを溺愛《できあい》しているため、他の女が寄りつかないようにあらゆる手段をとる。当のヴァルトはそれを知らないため、気楽に生きているのだが。

それにしても、『バッカス家秘伝～究極ダイエット法～』ね。

「……フフ」

思わず口から笑いがこぼれる。

「嬉《うれ》しいプレゼントね。間違いなく今日一番のプレゼントよ。二人ともありがとう」

私は心からのお礼を告げ、頭を下げた。

二人もそれに合わせて頭を下げる。

憂鬱《ゆううつ》だったこの時間も、大切なものに変えることが出来た。本当に感謝しかない。

「そういえば先日、アレクに会いましたよ！　まさかこの学園に入学してるとは思いませんでした」

せっかくいい気分で終われそうだったのに、ヴァルトからアレクの名前が出たことで、私は表情を曇《くも》らせた。

ニコはすぐに気づいただろうが、ヴァルトはそんな些細《ささい》な変化に気づかない。

「そう。元気にしてた？」

私は精一杯《せいいっぱい》の言葉を返す。アレクの名前を聞くたびに、憎《にく》しみと嫉妬《しっと》、そして悲しみと愛情が入り混じった嫌なもので、私の心が締めつけられていく。

「元気にしていましたよ！　アリス様の誕生日も覚えていましたし！　まぁプレゼントは買うつもりはないと言っていましたが」

「……そう。私のことを覚えていたんだから、誕生日くらい忘れるわけないでしょ」

私が怒った口調《くちょう》で返事をすると、流石のヴァルトも、私が不機嫌になったのが分かったようだ。

すると、なぜか彼の表情は悲しみへと変わる。

「アリス様……アレクも辛い日々を送ってきたのです。どうか話を聞いてやってください」

「……辛い日々、ですって？」

私は思わず立ち上がり、怒りに任《まか》せてヴァルトに叫ぶ。

「何が辛い日々よ！　私に会いたくないって……そう手紙を書いたのはアイツの方よ！　アレクに会いに行った時、アレクのお父様は九歳の私に土下座《どげざ》して謝《あやま》ったのよ？　……私の方が辛かったに決まっているでしょ！　それなのに……」

「手紙？　そんな馬鹿な。アレクは手紙を――」

ヴァルトが何か言っているが、私の耳には入ってこない。

この二人なら私の気持ちを理解してくれると思った。アレクと同じくらい、仲良くしてくれた人達だから。

私の頬に一筋《ひとすじ》の涙が流れる。

「アレクは……私と友達でいたくなくなったのよ」

私はそのまま食堂の出口へ向かった。

後ろから声が聞こえるが、何を話しているかは分からない。

涙を流しながらドアを開き、外へ出たその時だった。

「あ、アリス」

私の目に飛び込んできたのは、小さな箱を手にしたアレクだった。

■

「うへぇ。なんだこの人数は」

今日はアリスの誕生日。俺——アレクは、アリスに誕生日プレゼントを渡すために、休日だというのに学園へやってきている。

食堂に到着した俺は扉の隙間《すきま》から中を覗《のぞ》いてみたのだが、かなりの人数が集まっていた。

みんな、アリスの誕生日を祝うために来たのだろう。

俺はそっと扉を閉じて、うろうろし始める。

「中に入って渡しに行くか？　でも、気まずい雰囲気《ふんいき》になったらあれだしな。どうするか……」

顎《あご》に手を当てて策《さく》を練《ね》る。食堂の中に入るか、もしくはここでアリスが出てくるのを待つか。

結局俺は、食堂の中に入ることを諦《あきら》めて待つことにした。

暫くして扉が開く音が聞こえた。

扉から出てきたのは、涙を流すアリスだった。

「あ、アリス」

俺は思わず駆け寄り声をかける。

なぜ主役が泣かなきゃいけないんだ？　もしかして虐《いじ》めか？

俺が思考を巡《めぐ》らせている間に、アリスは足早にその場を去ろうとする。

「お、おいアリス！　どうしたんだよ！　なにがあった！」

俺は思わずアリスの右腕を掴み引きとめる。

アリスは掴んだ俺の手を振り払い、睨《にら》みつけてきた。

「……どうした、ですって？　暢気《のんき》なものね。流石Fランクダンジョン最速クリアの男かしら」

アリスが泣きながら皮肉を言ってくる。俺がダンジョンのことしか考えていない、とでも言いたいのか。

「それは今、関係ないだろう！　どうして泣いているんだ。何かされたのか？」

「何かされたのか？　……そう。あくまでも貴方は知らないふりをするのね」

俺の言葉を聞いたアリスは、悲しい顔をした後、また俺を睨みつけてくる。

知らないふり？　どういうことだ？　アリスが今泣いていることと、何か関係があるのか？

「よく分からないけど、俺が何かしたっていうのなら謝るよ」

「今更遅《おそ》いのよ‼」

アリスは声を荒《あら》らげて叫ぶ。

「自分が何をしたかも分からないのに謝る？　それで私が許すとでも思ってるの⁉　それに……貴方が謝ったところで、私の五年間はもう二度と返ってこないのよ！」

アリスは話している間、ずっと泣いていた。そして言い終えると、その場から立ち去ってしまった。

俺はアリスの手を掴むことが出来なかった。

正確に言えば、アリスに手を振り払われてしまった。

アリスの言葉通りであるなら、俺はアリスの五年間を、何らかの形で奪《うば》ってしまったのかもしれない。

そう思いながら、俺は暫くその場に佇んでいた。

三日後。俺はネフィリア先生の講義を受けていた。

講義終了後、いつものようにネフィリア先生の元へ向かい、研究室まで荷物持ちをする。

「アレク君いつもすみません。お手伝いして貰っちゃって」

「良いんですよ。やりたくてやってるんですから」

先生は両手にいっぱいの資料を抱えているから、転《ころ》んでしまいそうで心配になる。

研究室に着いた後、俺は先生に相談があると話を始めた。

どうすればアリスと仲直りが出来るのか、先生なら教えてくれる気がした。

「つい五年程前までは仲良しだったんです。パーティーで会えば常に一緒にいるくらいに。でも俺の家庭内での地位が低くなったせいで、この五年間連絡が取り合えなくなってしまって。そのせいか相手を泣かせてしまったんです。どうすれば仲直り出来ますかね？」

話を聞いた先生は、腕を組んで難《むずか》しい顔をしている。

「うーん。本当にそれが仲たがいの理由か分かりませんからね。出来れば正直に、お互いの気持ちをぶつけ合うのがいいと思うのですが。難しいようでしたら、時間が解決してくれるまで暫く距離《きょり》を置くのもいいかもしれません」

先生は優《やさ》しい顔で、背伸《の》びをして俺の頭を撫《な》でてくれた。

「大丈夫です！　いざとなったら先生がその子にお話ししてあげますから！」

小さな手を胸元で握《にぎ》って、かっこつける先生を見ていると、何とかなりそうな気がしてきた。

やはり年長者に相談して正解だったな。

「ありがとうございます、先生。仲直り出来るよう頑張ってみます！」

先生から元気を貰った俺は、アッポウジュースを一気に飲み干《ほ》し、お礼を告げて研究室を後にした。

気持ちを切り替えて、今日からEランクダンジョン攻略に取り掛かろう。

そう考えながら歩いていた矢先、目の前からゴリラ――ではなく、ライオネル先生が歩いてきて、俺を見つけるやいなや、猛《もう》ダッシュを決め込んできた。

「やっぱりここにいたかアレク！　毎週ここにいるって噂は本当だったんだな！」

そう言いながら、勢いよく俺の肩に手を回すライオネル先生。正直、体感温度が三度くらい上昇した気がするんだが、間違いではないだろう。

「先生こんにちは。それで噂ってなんのことですか？」

「お前がネフィリア先生を落とそうと躍起《やっき》になってるって噂だよ！　知らなかったのか？」

「そ、そんなことあるわけないじゃないですか！　俺はもう少し大人《おとな》っぽい女性が好みなんです！」

どうやら俺がロ○コンだと、噂が立ってしまっているらしい。

まぁ毎週のように、外見《がいけん》が幼いネフィリア先生の研究室に行けば、そんな噂が立っても仕方がないか。俺は肩を落としてため息をこぼす。

「そうかそうか！　まぁそんなことより、明日の午後なんだが、他クラスの実技演習の講義に出席して貰いたい！　新入生最速ダンジョン攻略者として、お手本になって貰いたいんだ！」

肩に回された腕が俺の首を締めつける。

先生は自分の腕の太さを自覚してないのか、俺が死にそうになっているのに気づいてくれない。

「せ……ん……せ……し……ぬ……」

「おっとわりぃ！　とにかく伝えたからな！　明日は絶対に来いよ！」

ライオネル先生は腕を放し、来た道へと戻っていった。

どうやら今日からダンジョン攻略に専念《せんねん》するのは無理なようだ。

「はぁ、はぁ……仕方ない。今日は市場にでも行って食材を買い足《た》すか」

俺は再びため息をついて、市場へと向かった。

翌日。

ライオネル先生に言われた通り、実技演習の講義へとやってきた俺は、周りの生徒に目を向けた。

どうやらSクラスの生徒は残っていないようだ。みんな試験に合格して、ダンジョンへ行くことを許可されたのであろう。

今この講義に参加しているのは、制服の二本目のラインが「青」「緑」「黄」の生徒達――つまりB、C、Dクラスの生徒達だ。

実力にどの程度差があるのか分からない。俺が手本になれるか心配だ。

講義の開始時刻になり、ライオネル先生が現れた。

「よし全員いるなー。今日は先週言った通り、実際の戦闘について学んでいくぞ。今日はゲストに来て貰ってる！　お前達も知っていると思うがSクラスのアレクだ。既にFランクダンジョンを攻略している！　皆こいつの動きを見て学べよ」

俺は軽くお辞儀をした。

Sクラスと違って貴族の生徒が少ないのか、素直に拍手をしてくれる生徒ばかりだった。

「じゃあまず、俺とアレクが模擬戦《もぎせん》するから、お前達は観戦していろ！　よっしゃ、やるぞ！」

「分かりました」

ライオネル先生がやる気満々の表情で、開始位置に向かって歩き始める。

俺は言われた通り、反対側の立ち位置で剣を構えた。

「こないだみたいに剣だけじゃなくていいぞ！　『中級魔法』『中級剣術』までなら使っていい！　さぁ俺を倒してみろ！」

ライオネル先生が構える。中級までなら何を使ってもいいのか。

「分かりました。では……いきます。『火矢《ファイヤーアロー》』！」

俺はその場で八発の『火矢《ファイヤーアロー》』をライオネル先生に向かって放つ。

「『火球《ファイヤーボール》』！」

そしてすぐさま六発の『火球《ファイヤーボール》』を、左右から弧《こ》を描《えが》くように放つ。これで前と左右からの攻撃が完成する。

ゴブリンジェネラルが俺に対して使ってきた作戦と一緒だ。なるべく多方向から攻撃を仕掛けることで、注意を逸らす。

俺は『火矢《ファイヤーアロー》』のほぼ真後ろを走る勢いで、先生に突《つ》っ込《こ》んでいく。これで、『火矢《ファイヤーアロー》』は避《よ》けたとしても、俺か『火球《ファイヤーボール》』が次に襲《おそ》う。

（さぁどう出る）

俺は模擬戦用の木剣《ぼっけん》を握りしめ、一瞬の隙を狙《ねら》う。しかし先生が木剣を一振りしたと思ったら、俺の『火矢《ファイヤーアロー》』は全てかき消された。

「な⁉」

「ハッハッハ！　いい攻撃だったな！　だが甘い、オラァ！！！」

先生の力任せの一振りに押し負けて、俺は後方へ飛ばされる。

先生は『火球《ファイヤーボール》』も回避《かいひ》し、その勢いのまま俺へと突っ込んでくる。

俺はすぐさま受け身を取って、魔法を発動させた。

「クッ！　『土壁《アースウォール》』！」

素早く前方に『土壁《アースウォール》』を作りあげ、先生の視界から姿を消す。

次の選択が分かれ道になる。左右のどちらかへ回避するか、少し後ろに下がって魔法を放つか。

先生はきっと壁《かべ》の左右から現れるはずだ。だったら後ろに下がって、出鼻を挫《くじ》くしかあるまい。

俺は後方へ跳《と》び、両手を壁の両側に向け先生が現れる瞬間を待つ。

しかし、俺の作戦は失敗に終わった。

「ドオリャー！！！」

叫び声と共に『土壁《アースウォール》』が破壊され、正面《しょうめん》からゴリラが剣を握りしめ突進してきたのだ。

「嘘だろ‼」

俺はすぐに魔法を放とうとしたが、時既に遅し。先生の剣が首に当てられ、俺は負けを認めた。

「……参りました」

俺が一言そう呟くと、周りから割れんばかりの歓声が聞こえてくる。

「すげーよ！　『火矢《ファイヤーアロー》』を同時に八発も放てるとか信じられない！」

「土魔法と火魔法だけじゃなくて、接近戦に持ち込もうとしたってことはそっちも凄いのか⁉」

やはり下のクラスの子達はひねくれていないので、素直に称賛《しょうさん》してくれる。

模擬戦には負けたけど、講義に来たおかげで気分は良くなったな。

「惜《お》しかったぞアレク、作戦は良かった！　それに魔法の精度《せいど》も高い！　言うことなしだな！　ただ俺みたいなパワーでゴリ押ししていくタイプには、もっと別の方法を取らないとダメだぞ！」

つまりスキルに頼《たよ》っている現状に満足しないで、生身《なまみ》を鍛《きた》えろってことか。

反射速度に剣一振りの重み。やはり経験を積み重ねて強くなっていくしかないな。

「よし、今の模擬戦を振り返るぞ。今アレクは二つの『中級魔法』を使った。『火矢《ファイヤーアロー》』と『土壁《アースウォール》』だ。お前達の中で、中級以上のスキルを使える者はいるか？」

ライオネル先生が生徒達に問うが、誰一人として手をあげない。

先生は頷き、話を再開する。

「そうだよな。一つ言っておくが、三年になるまでに『中級魔法』を使えるようにならなきゃ、卒業は無理だと思え！」

まぁそうだろう。Ｆランクダンジョンならまだ何とかなるかもしれないが、それ以上は厳《きび》しいと思う。パーティーに火力役となる人間が一人でもいれば別だが。

「スキルを上のランクにするためには、壁を越《こ》えるしかない。そのためには強敵を倒せ！　強敵を倒すためには知識・経験が必要になってくる。お前達は必死にもがいて、その二つを手に入れようとするだろう。恐怖・困難・絶望《ぜつぼう》、全てに打ち勝った時に初めてスキルが昇華《しょうか》されるのだ！　生半可《なまはんか》な覚悟では、到底《とうてい》辿り着くことは出来ない！」

ほぉー。他の人達はそんな感じでスキルを上げていくのか。

まぁ俺のスキルも、壁って言ったら壁があるな。ものによっては数千体倒さなきゃいけないし。特にレアスキルは所有しているモンスターも少ないから、集めるのがしんどいんだよな。

「さらに職業によっては、オリジナルのスキルが開花する時がある。俺の職業は『重戦士』だが、『筋肉増加』というオリジナルスキルがある。これは筋肉を肥大化《ひだいか》し、攻撃力を上昇させるスキルだ！」

そう言いながらポーズを取り、生徒達に自分の筋肉を見せびらかすライオネル先生。

皆はドン引きだ。

結局この後は普通の講義に戻り、俺はライオネル先生の指導を見学していた。

明日からは、いよいよEランクダンジョンの攻略が始まる。

もっと強くならなければいけない。

女神のアルテナが言った、俺にとって大切な存在を守るためにも。

実技演習の翌日。

俺は装備《そうび》を整え、Eランクダンジョンの受付へとやってきた。

四月の終わりともなれば、Eランクダンジョンに挑戦する二年生がかなりいるみたいだ。ざっと四十人以上はいる。

俺が受付の最後尾《さいこうび》に並ぶと、こそこそ話し声が聞こえてきた。

「おい、あいつ一年生だろ？　もうFランクダンジョン攻略したっていうのか？」

「聞いた話だと、歴代最速攻略者が出たらしいぜ。しかもたった一人で攻略したらしい」

「俺も聞いたぞ。もう既に『上級魔法』を使いこなしてるらしいぞ」

どうやら俺の話をしているみたいだな。まさか上級生にまで俺の名前が知れ渡っているとは。

俺は少し鼻を高くして聞き耳を立て、暫く悦《えつ》に入《い》った。

二十分程で俺の順番が回ってきた。ようやく受付が始まる。

「次の方！　ステータスカードの提出をお願いします」

俺は言われた通りカードを提出する。

「……アレクさん。確認が取れました。一年生のようですが、Fランクダンジョンを攻略済みとなっていますので、Eランクダンジョンへの挑戦を許可いたします！　申し訳ありませんが規定ですので、名前、クラス、帰還予定日をお願いします！」

「はい。名前はアレク、所属クラスはSクラスで、帰還予定日は四日後です」

「ありがとうございます！　……登録が完了しました。カードをお返しします。続いてE

ランクダンジョンの説明を行わせて頂きますが、どうしますか?」

説明が聞けるなら聞いておいた方が良いだろう。

油断大敵、一瞬のミスが命取りになる世界だからな。情報は何よりも大切だ。

「是非《ぜひ》お願いします」

「分かりました! Eランクダンジョンは十階層からなるダンジョンになります。五階層に中ボス及び転移の陣があります。一度五階層まで到達すれば、次回からは、受付横の転移の陣から行き来が可能です。そのため最初は、中ボスを倒すことを目標にするのが良いでしょう。何か聞きたいことはございますか?」

「ありません! 説明ありがとうございました!」

俺は受付のお姉さんに深くお辞儀をして、Eランクダンジョンの入り口へ歩いていく。

聞いた限りだと、間違いなく一、二週間で攻略出来るものではないな。単純に考えて、マッピングの量がFランクダンジョンの二倍だし、モンスターも強くなっているはずだ。

受付のお姉さんから聞いた情報を整理しながら、階段を降りていく。

先に入っていった二年生の姿はもう見えなくなっている。一年生とは違い、みんな真面目にダンジョン攻略をしているようだ。

俺はペンと紙を手に持ち、『探知《たんち》』スキルを発動した。

どんなモンスターが出るのか確認しておきたいが、とにかく今は階段を探すことを優先する。人が少ない階層に行った方が、スキル収集も捗《はかど》るってもんだ。

どうやら入り口付近のモンスターは既に狩《か》り終えているらしく、『探知』に反応はない。

俺はペンを走らせマッピングしていく。

歩くこと三十分。ようやくEランクダンジョンで初めて、モンスターと遭遇《そうぐう》した。

ゴブリンの小集団だが、Fランクダンジョンとは一味違う。

ゴブリンジェネラルにゴブリンメイジ、弓を手にしたゴブリンまでいる。

俺はそいつに『鑑定』を発動しつつ、剣を右手で握りしめ戦闘態勢をとる。

【種族】ゴブリンアーチャー
【レベル】5
【HP】50／50
【魔力】100／100
【攻撃力】E－
【防御力】F＋
【敏捷性《びんしょうせい》】F＋
【知力】E－
【運】F＋

【スキル】

初級弓術《きゅうじゅつ》

「よし！　新スキルだ！」

『鑑定』の結果を確認した俺は、魔法を使わず、身一つで戦闘を開始する。

「ギャ！　ギャッギャ！」

ゴブリンジェネラルが雄《お》たけびをあげると同時に、メイジとアーチャーが攻撃を仕掛けてくる。

俺は攻撃の軌道《きどう》を読み、右前方へと回避する。

今までの俺なら、すぐに魔法を発動していただろう。だが俺は、ライオネル先生との模擬戦で俺に足《た》りないものを理解した。

俺には、純粋《じゅんすい》な戦闘力が圧倒的に足りていない。

敵の攻撃を回避するための反応速度や、攻撃を読むといった戦闘力は、スキルでは身につかない。

この先、魔力が尽《つ》き、魔法を発動することが出来ない状況で戦わなければいけない時が来るかもしれない。その時のために、純粋な戦闘力を身につけておく必要があるのだ。

ゴブリン達の攻撃を回避した俺は、すぐに体勢を立て直しゴブリンメイジに剣を突き刺す。

頭を貫かれたゴブリンメイジは動きを止めるが、その隙を、他の個体が狙っていた。

一発目を回避された時点で、次の矢を装填《そうてん》していたゴブリンアーチャーが至近《しきん》距離で、俺目掛けて矢を放つ。

回避する時間がないと悟《さと》り、俺は死体となったゴブリンメイジの首を掴み、盾《たて》代わりにした。

俺はそのまま、ゴブリンメイジの亡骸《なきがら》をゴブリンアーチャーに投げつける。

避けることが出来ずに体勢を崩したゴブリンアーチャーの首元目掛け、俺は剣を振り下ろした。

しかしまだ戦闘は終わらない。

詠唱《えいしょう》を終わらせたゴブリンジェネラルの魔法が飛んできている。

（回避不能、盾もなし。どうする）

俺は一か八《ばち》か、握りしめた剣に魔力を通し、魔法目掛けて剣を振るった。

「オラァァ!!」

ゴブリンジェネラルが放った『火球《ファイヤーボール》』は俺の剣により切り裂《さ》かれ、左右後方へと飛んでいく。

自分の魔法がまさか切断されるとは思っていなかったゴブリンジェネラルは、驚愕の表情を浮かべて後ずさりする。

その瞬間を見逃さず、俺は足に力を込め、目にも留まらぬ速度で相手の前に移動し、胴体を真《ま》っ二《ぷた》つにした。

俺は周囲に気配がないことを確認し、剣を収め『解体』スキルを発動した。

新しいスキルは『初級弓術』しかないが、良い収穫《しゅうかく》になった。

『初級弓術』のスキル玉を体に取り込み、他のモンスターも『解体』していく。

現在の俺のステータスを確認しておこう。

【名前】アレク
【種族】人間
【性別】男
【職業】解体屋
【階級】平民
【レベル】43（98734／116930）
【HP】2600／2600
【魔力】3100／3100
【攻撃力】C＋

【防御力】C－
【敏捷性】B－
【知力】B
【運】A－
【スキル】
言語理解
収納
鑑定
上級水魔法（250／1500）
上級火魔法（334／1500）
中級風魔法（776／1000）
上級土魔法（87／1500）
上級回復魔法（110／1500）
魔力上昇（中）（711／750）
攻撃力上昇（中）（417／750）
防御力上昇（中）（425／750）
敏捷上昇（中）（652／750）

探知（大）（58／1000）
脚力上昇《きゃくりょく》（大）（24／1000）
上級剣術（54／1500）
上級棒術（75／1500）
上級槍術《そうじゅつ》（43／1500）
初級弓術（1／500）
毒耐性（中）（20／750）
物理耐性（中）（300／750）
威圧《いあつ》
剛力《ごうりき》
凶暴化《きょうぼうか》
統率《とうそつ》（小）（1／500）
【エクストラスキル】
解体【レベル】3（21／30）

『脚力上昇』は（中）から（大）に上がり、剣術、棒術、槍術も中級から上級に上がった。

棒術と槍術は使用したことがないので正直分からないが、『脚力上昇』が（大）になったのはかなり大きかった。走る速度が著《いちじる》しく上昇し、疲れにくくなったのだ。

さらに先程の戦闘時のように、一瞬の踏み込みに加わる力が大きくなった。

また、先日ゴブリンロードのスキル玉を入手し、『統率（小）』のスキルを手に入れたことで、無事に『解体』のレベルが2から3に上がった。

ようやくランクアップした『解体』だが、説明を見ると、正直、今の俺にはあまり意味がない内容だった。


【エクストラスキル『解体』レベル3】

自身または契約者《けいやくしゃ》が討伐《とうばつ》したモンスターを『解体』することが出来る。素材とスキル玉に『解体』することが出来、契約者の数だけスキル玉を入手出来る。また契約者にのみスキル玉を使用することが出来る。契約者の数は『解体』のレベルに依拠《いきょ》する。


今までは俺が倒したモンスターでなければ『解体』は発動出来なかったし、モンスター一体から入手出来るスキル玉も一つだった。

だがこれからは、「契約者」が倒したモンスターにも『解体』が使えるようになり、さらにスキル玉の数も契約者分増えるというのだ。

しかし、そもそも友人がいない俺に契約者をどう作れというのだ？

まさか学園の生徒だけではなく、スキルまで俺を虐めてくるとはな。流石に悲しくなった。

俺が「契約者」ならぬ「友人」を作れるのはかなり先になるだろう。

ヴァルト？　アイツは却下《きゃっか》だ。

『解体』が終わり、俺は立ち上がった。

今回は新スキルも収穫出来たし、スキルを使わなくても十分に戦えることが分かった。

そのまま歩き出そうとした俺だが、左肩に違和感《いわかん》があることに気づく。

左肩に目を向けると服は焦《こ》げ、肌には少量の血がにじんでいた。どうやら先の戦闘で被弾《ひだん》していたらしい。

「かなり戦えたと思ったんだがな。俺もまだまだか」

回復魔法で傷を癒《い》やし、ダンジョンの奥へと進んでいく。

もっと強くならなければ――


Eランクダンジョンに入ってから五日目の昼。

「よし。この辺にして、そろそろ帰還するか」

俺はキラーアントに刺した剣を抜き、鞘《さや》へとしまった。

今日は帰還予定の日なので、探索《たんさく》を早めに切り上げ地上を目指すことにしている。

これまでに地下四階までのマッピングを完了しており、次回は五階層の中ボスまで辿り着ける予定だ。

就寝《しゅうしん》時以外に魔法とスキルを使うことを禁止してきた甲斐《かい》あってか、初日よりは身体能力のみで戦えるようになっていると思う。

戦闘時には、あれこれ考えるより先に体が動くようになり、攻撃と防御の切り替えが速くなった。

その点において、かなりの収穫があったと言える。

しかし、良いことばかりではないのがダンジョンというものだ。

Eランクダンジョンにはゴブリン上位種、コボルド、フェザーウルフ、キラーアントが出現する。

油断しなければ負けることはないし、なかなかいいスキルを持っているモンスターが多い。

ただしキラーアントだけは大外《おおはず》れだ。

所持しているスキルが『強顎』『酸液』『巣作り』とかいう、人間には使用不可能なスキルばかり。

それなのに出現数はどのモンスターよりも多く、体も硬《かた》いときている。

「本当こいつらはウザいな。まぁ、アレじゃないよりましか」

俺はGのことを思い出し身震《みぶる》いする。一匹見つけたら百匹いると思えってじいちゃんが言ってたな。

『探知』を発動させて階段に向かおうとした時、倒したはずのキラーアントから魔力反応を感知した。

俺は振り返りキラーアントを見るが、身動き一つしていない。

見間違いかとも思ったが、『探知』には相変わらず反応がある。

と、その時だった。

ギシシシシシシシシ!!

突然キラーアントが金切《かなき》り声をあげた。俺は耳を塞《ふさ》ぎ周囲を警戒《けいかい》するが、何も起こらない。

「何だったんだ、一体……」

俺はキラーアントに剣でとどめを刺し、再び階段へ歩き始めた。

すると後方から何か音が聞こえてきた。急いで『探知』を確認した俺は驚愕する。

「嘘だろ……」

まだ視界には入っていないが、『探知』には数十匹のキラーアントの反応があった。

しかも全てここに向かってきている。

「ははは。あれか！　友達思いなんだなキラーアントは！」

いまだにこの状況を信じられない俺は、一歩一歩と後ずさりしていく。

やがて目の前に現れたのは、紛《まぎ》れもなくキラーアントの大群《たいぐん》だった。その大群が粒子《りゅうし》になっていく仲間を見つけ、俺の方へと顔を向ける。

「違うよ！　俺じゃない！　俺今来たばっかりだから！」

言葉が通じるわけでもないのに、嘘をついて必死に言い訳する俺。

そんなものは何の意味もなく、キラーアント達は怒りの鳴き声をあげた。

ギシギシ、ギシギシ、ギシギシ！

そして、俺目掛けて行進が始まった。

「ギャーー！」

俺は地図を広げて、急いで階段に向かって走り出す。

その間にもキラーアントの数は増えていき、百体以上になっていた。

階段まではまだ距離があり、このままでは追いつかれてしまう。

俺は必死に思考を巡らせる。

「何かないか！　えっと……ん？　ここって」

俺は手に持った地図に書かれたある場所を見つける。

それは間違えて入ってしまった、行き止まりへと続く長い一本道だった。

「ここだ！」

俺は階段を目指すことをやめ、地図に書かれた行き止まりへ向かう。

キラーアント達は鳴き声をあげて仲間を増やし続けていた。俺は全速力で走りながら魔力をためていく。

俺は行き止まりに辿り着いた瞬間、すぐさま向きを変え、両腕を構える。

俺の考えた通り、長い一本道にキラーアントの大群が密集《みっしゅう》し、迫《せま》ってきていた。

「俺の作戦勝ちだ！　渦巻《うずま》く炎よ！　我が標的《ひょうてき》を灰と化せ‼『炎渦放射《フレイムバースト》』！」

勿論、この長い一本道に人間がいないことは確認済みだ。

最大火力の魔法は一直線に放射され、数百体にまで増加していたキラーアントの大群を灰と化すことが出来た。

「あー怖かった！　デカい蟻《あり》の集団とかトラウマもんだよ！　今度からキラーアントは死亡の確認必須《ひっす》だな」

俺は冷や汗を流しながら、『探知』で生き残りがいないことを確認する。

ラッキーなことに、この数のキラーアントを倒したおかげでレベルが一つ上がっていた。

本当は魔法を使わず今回の探索を終えたかったのだが仕方ない。

俺はひとまず行き止まりで魔力を回復させてから、いつも以上に『探知』に気を配《くば》り、階段を上がっていった。

Eダンジョンから帰還した翌日。

俺は毎週水曜の日課として、ネフィリア先生の講義終わりに、研究室で休ませて貰っていた。

今日は五月五日。何の日か知っているか？

そう、俺の記念すべき十三回目の誕生日である。

俺は学園の風習にのっとり、食堂でお昼を食べる予定だ。

まぁ誕生日を知っている人はこの学園に二人しかいないし、三人とも祝う気はないと思う。

ヴァルトは下手《へた》をしたら忘れているかもしれない。

やべ、なんか泣きそうになってきた。

「アレク君。どうかしたんですか？」

涙をこらえるために急に上を向いた俺を見て、アッポウジュースをごくごくと飲んでいたネフィリア先生が、不思議そうに話しかけてきた。

「い、いえ何でもないですよ！　ちょっと目に虫が入ってしまって」

俺が涙を拭《ふ》きながら笑顔で答えると、先生は心配そうな顔をしてくれた。

「そういえばアレク君、今日が何の日か知っていますか？」

先生はアッポウジュースを飲み干すと、俺に質問してきた。

今日が何の日か知っているかだって？　も、もしかして先生は俺の誕生日を知っているのか？

ここは平常心で対応しよう。

「きょ、今日ですか？　な、何の日なんでしょうねー！」

自分では普通に返事をしたつもりだったが、声は裏返り、二度も噛《か》んでしまっていた。

そんな俺を見て先生はニヤニヤし始める。

「なんだアレク君も知っていたんですね！　それならそうと言ってくれればいいのに！」

先生は椅子の横に置いてあった紙袋を、ガサガサとあさり始めた。

まさかその袋の中に俺の誕生日プレゼントが⁉

俺は期待に胸を躍《おど》らせ、今か今かとプレゼントを待った。

「今日はなんと……新作アッポウジュースの発売日でしたー！　ずっとこの日を楽しみにしていたんですよ！　さぁアレク君も一緒に飲みましょう！」

「……わぁーい。嬉しいなー。飲みましょ飲みましょ」

俺のテンションが、最高潮《さいこうちょう》から一気に最低まで下がった。期待してしまっていた分、余計に辛い。

その後、結局、ネフィリア先生とアッポウジュースを楽しく飲んで俺は食堂へと向かった。

誰も待ってはいないと思うが、少しだけ期待してしまう気持ちはみんな分かってくれるだろう。

食堂に着いた俺は、まず席を探すことから始めた。

今日は平日であり、生徒達は普通に食堂を利用していた。俺も今日は頑張って席を探す。

「あった！　隅《すみ》っこだけどまぁ良いか！」

俺はやっと見つけた席に歩き出したが、すぐ近くに座っているアリスを見つけてしまった。

その席以外に空《あ》いている所はない。俺は仕方なく、そちらへと向かっていった。

■

五月五日。今日はアレクの誕生日だ。

私――アリスは別に、アレクの誕生日を祝うためにここに来たのではない。

私の誕生日会が開かれていた時、食堂の扉の前でアレクが持っていた小さな箱。あれは一体何だったのか、確認しに来たのだ。

私へのプレゼントではないのか？　そんな考えが頭から離れなかった。

それにヴァルトが口にしていた『アレクも辛い日々を送ってきた』という言葉。

なぜアレクはカールストンの家名を名乗らないのか。

貴族であることを隠《かく》さなければ、学園で差別されることもなかったはずだ。

学園内で差別を受けるような道を、自分から選ぶことはしないだろう。

それなのに名乗らないということは、姓を名乗ることが出来なくなったのではないか。

つまり、カールストン家の者ではなくなったのではないか。

ヴァルトの発言が正しければ、アレクは自分の意思でカールストン家を出たのではなく、何かしらの理由があって、家を出なければならなかったのではないか。

私は収納袋から手紙を取り出した。

あの日、『鑑定の儀』の後にアレクのお父様から渡された、アレクが私に書いたという手紙だ。

この手紙も、よく見ればおかしな点がある。

手紙を貰う二年前に、私は「アリス」と呼ぶようにアレクにお願いしているのに、「アリス様」なんて書くだろうか？　入学式の後に会ったアレクは、私のことを「アリス」と呼んでいたし。

心臓の鼓動《こどう》がドンドンと速くなる。

昔カールストン家に行った時、アレクはいなかった。その時は、私に会いたくないからいないのかと思った。

それがもし違っていたら？　家に居場所がなく、どこか別の場所に身を置いていたとしたら？　アレクのお父様の謝罪《しゃざい》すら演技だとしたら？

私の推測が正しければ、この一か月の間、私はアレクに償《つぐな》いきれない程の仕打ちをしてきたことになる。一方的な思い違いで、アレクに辛い思いをさせてきたのだ。

だがこれはあくまで私の推測であり、事実ではないかもしれない。

アレク本人に聞いてみなければ、真相は分からない。だから今日私はここにいる。

「そういえば聞きました？　新入生最速ダンジョン攻略者の話」

「あー聞いた聞いた！　その子ってうちのクラスの不正君でしょ？」

「そうそう！　一人で攻略したらしいよー！」

一緒に食事をしていたパーティーメンバーが、アレクの話をし始めた。

この子達は私を『剣聖』『ラドフォード家令嬢』としてしか見てくれない。一度も友人として見てはいないだろう。

「どうせ不正でしょ？　入学試験の時も不正したって噂だし」

「不正するために一人で行動してたとか？　なんかありえそう！」

「ねぇねぇ！　それさ、私達で尾行して不正暴《あば》いちゃえば退学になるんじゃない？」

「それいい！　やりましょうよ、アリス様！」

私は「いいですね」と返事をしようとしたが、言葉が出なかった。

今までだったらすぐに返事が出来たのに。どうしたらいいのか分からなくなってしまった。

「……私達もEランクダンジョンに行く必要があるのだけど。どうするの？」

やっとの思いで私が発したのは、彼女達の意見を否定するでもなく肯定《こうてい》するでもない言葉だった。

「あーそうですね。じゃあまずは私達も、Ｆランクダンジョン攻略しちゃいますか！」

彼女達は再び趣味《しゅみ》の話に没頭《ぼっとう》していた。

どうもこの雰囲気は苦手《にがて》だ。アレクの姿も見えないし、そろそろ食堂を後にしようとした時、少し離れた席にアレクがやって来た。

彼は私の顔をちらっと見ると、少し頭を下げてから食事を始めた。

■

（ふぅー。何とか座れたな）

俺――アレクはご飯を口に含んで一息ついた。

アリスと目が合ったけど、軽く挨拶したし大丈夫だろう。距離を取るのも大切だってネフィリア先生が言っていたし。

誰かが誕生日を祝いに来てくれるのを期待しながら、俺はご飯を頬張《ほおば》っていく。そこで予想外のことが起こった。

「おめでとう、と言った方が良いのかしら？」

アリスが俺に話しかけてきたのだ。

まさかアリスから誕生日をお祝いされるとは思ってもいなかった。俺は突然のことに焦りながらも返事をする。

「あ、あぁ。ありがとう」

「貴方が新入生で一番早く攻略したんですってね。流石だわ」

アリスの返事を聞いて、俺は心の中で肩を落とした。ダンジョン攻略の話をしていたのか。

「そうらしいな。なかなか手ごわい相手だったよ」

俺が当たり障《さわ》りのない返事をすると、アリスは顔を下に向けて黙ってしまった。

あまり俺と会話をしたくないのか。

そう思い、俺が再びご飯を食べようとした時、ガタッと音がする。

顔を向けるとアリスが立ち上がり、俺の方へ歩いてきていた。

アリスと一緒にご飯を食べていた女の子達も、驚いた顔でこちらを見ている。

アリスは俺の傍まで来ると、不安そうな表情をして、真っすぐに俺の目を見て話しかけてきた。

「アレク……貴方に聞きたいことがあるの」

「聞きたいこと？　なんだ？」

「あのね……アレクは、その、私のこと」

その瞬間、アリスの胸元のネックレスが黒く光る。するとアリスは話すのをやめて、黙ってしまった。

「アリス？　どうした？」

俺の呼びかけを無視し、アリスはスタスタと歩いていってしまう。話の途中だったのになんでだ？

一緒にいた女の子達が、アリスを追って急いで席を立った。

俺も後を追った方が良いか迷ったが、ネフィリア先生の言葉を思い出し、追うのをやめたのだった。

■

「アリス様待ってくださいよ！」

食堂を出た私――アリスの後を、パーティーメンバーの子達が追いかけてくる。私は速度を落とすことなくどんどん進んでいく。

これからすぐにダンジョンに向かおう。そうして早くレベルを上げるんだ。

「アリス様、彼と何を話していたんですか？」

私に追いついた子が質問をしてきた。

何の話をしていたんだっけ。アレクにダンジョン攻略のお祝いを言って、それからアレクに聞きたいことがあったんだ。何を聞こうとしたんだっけ。そうだ。

「どうやって不正をしたか聞こうとしたのよ。今まで不正をしてきたんですもの。今回もしているに違いないわ」

私は質問をしてきた子に向かってニヤリと笑う。

私は気づかなかったが、私の表情は、先程までとは全く違っていた。

何かに操《あやつ》られたようなうつろな目。

その奥底には黒い何かが渦巻いていた。

■

アリスが去った後、俺――アレクは一人で黙々《もくもく》とご飯を食べた。

食べ終わるまで誰も来なかったが、アリスと会話出来ただけでも良しとしよう。

俺が立ち上がろうとしたその時、後ろから誰かに両肩を掴まれた。

「スンスン。スンスン」

「うわぁぁ!!」

俺の肩を掴んだ誰かは、俺が叫び声をあげたのにもかかわらず、俺の首筋に鼻を近づけて匂いを嗅いできた。

振り向くと、そこには可愛らしい女の子が立っていた。だが普通の女の子ではない。

彼女の耳はなんと『猫耳』。彼女は『猫耳』を持つ超絶《ちょうぜつ》ハイスペック女子だったのだ。

「お前！　エリーと同じ匂いがするにゃ！」

その女の子は俺を指さして言ったが、俺はエリーなんて知らないし、そもそも貴方は誰なんだ。

「先に行くなと言ったろ、ミーシャ」

聞き覚えのある声がした。声変わりをしたせいで、昔よりも少し低い声になっているだろうか。顔を見ずとも、俺には声の主が誰だか分かった。

「……エリック兄さん」

「久しぶりだなアレク。元気そうで何よりだ」

エリック兄さんに会ったのは実に五年ぶりだった。

俺が六歳の時にアリスと仲良くなってから、エリック兄さんとは顔を合わせることが殆《ほとん》どなくなった。仲は険悪《けんあく》になり、会話は一切なくなった。

だが久しぶりに会っても、兄弟って分かるものなんだな。

久々の再会に普通なら感動するところだろうが、そんな間柄《あいだがら》ではない。

それに、俺とエリック兄さんの顔を交互に見ている猫耳の女性が気になって仕方なかった。

「兄さん。その、この方は？」

「あぁ、ミーシャだ。俺とパーティーを組んでいる。ミーシャ、こいつはアレク。俺の弟だ」

「初めましてにゃ！　アレクとエリーの顔は全然似てないにゃ！　エリーの方が老《ふ》けてるにゃ！」

ミーシャさんの言葉に、思わず俺は噴き出してしまった。

俺とエリック兄さんは容姿が全くと言っていい程似ていない。

エリック兄さんは父上似だし、俺は母上似だ。

髪の色もエリック兄さんは茶で、俺は白。目つきも俺の方が優しい感じだと思う。

エリック兄さんの方を見ながら容姿について考えていると、エリック兄さんとミーシャさんの制服に描かれているラインの色が、「赤」「金」であることに気づいた。

「エリック兄さん。『Sクラス』になったんですね」

父上からは「Aクラス」で入学したと聞いていた。昇級したのだろう。兄さんもそれなりに頑張っていたのか。

「あぁ。ミーシャのおかげでな」

「エリーは凄いにゃ！　もう『上級風魔法』を使えるし、Dランクダンジョンもきっとすぐに攻略するにゃ！」

『上級風魔法』は俺もまだ使えない魔法だ。これを使えるってことは、エリック兄さんは二回「壁」を越えたことになる。

俺には分からないが、きっととんでもなく凄いことなのだろう。

それにしても、ミーシャさんの語尾は、かわい子ぶってつけてるわけじゃないんだな。素《す》でつけているのか。

それに突然のことで忘れていたが、なぜ兄さん達は俺に話しかけてきたんだ？　まさか誕生日のお祝いか？

「それでエリック兄さん。何の用でしょう？」

「あぁそうだったな。まずはダンジョン攻略おめでとう。そして……誕生日おめでとう」

少し照れた顔の兄さんの口から出た予想外の言葉に、俺の体は固まる。まさか兄さんから、お祝いの言葉を聞けるとは。

「……ありがとうございます」

戸惑《とまど》いながらも返事をすると、ミーシャさんが両手をあげて喜び始めた。

「やっぱり兄弟は良いもんにゃ！　家族は大切にしないとダメにゃ！」

「そうだなミーシャ」

ミーシャさんの頭を撫で、愛《いと》おしそうな目で彼女を見つめる兄を見て、俺は全てを悟った。

（コイツ、惚《ほ》れた女に好かれるために俺と仲良くしようってのか！）

『猫人族』は家族の絆《きずな》をとても大事にするという。エリック兄さんはミーシャさんに好かれるために、俺と仲がいい体《てい》にしたいのか。

　ヴァルトにしろエリック兄さんにしろ、どいつもこいつも女の尻に敷《し》かれやがって。しかも相手が可愛いのが余計に腹が立つ。

　心の中で兄さんに悪態《あくたい》をついていると、兄さんがあることを聞いてきた。

「そういえばアレク。アリス様とは仲良くやっているのか？　同じクラスなのだろう？」

　その質問に俺は表情を曇らせた。

　先程は会話をしたが、仲は良くない。寧ろ、泣かせてしまっている時点で最悪と言っても良いだろう。

「あんまり……ですかね」

　俺が答えると、エリック兄さんはなぜか悲しい表情をしていた。

　兄さんにとっても、俺がアリスと良好な関係を築《きず》くことは好ましいことなのだろう。今後のカールストン家にとってもきっとそうなのだ。

「……そうか。すまなかったな」

「いえ。エリック兄さんのせいではないので」

　なぜか謝ったエリック兄さんは、ミーシャさんに声をかけ食堂から出ていこうとする。

「エリック兄さん……プレゼントは？」

　そんなエリック兄さんに、俺は図々《ずうずう》しくもおねだりをした。

　誰からも貰っていないんだ。これくらい許してくれるだろう。

「もう渡したよ」

エリック兄さんは俺に一言告げながら、食堂を後にした。

もう渡した？　まさか「俺とミーシャのラブラブ空間がプレゼント」とか、意味分からんこと言ってるんじゃないだろうな。

俺は小さく肩を落とし、ため息をこぼすのであった。


誕生日から六日が経過した。

現在俺は、Eランクダンジョンの地下五階を探索している。

「よし、そろそろ行くか」

俺は立ち上がり、荷物をまとめて歩き始める。

この階にいる中ボスを倒せば、次回からは地下五階の転移の陣から始められる。

案の定《じょう》というかなんというか、地下五階へ到達したのは、二年生の生徒を含めても、俺が一番早いらしい。最後に人影を見かけたのは三日前、地下二階にいた時だ。

「さて、今日で中ボスを倒さないと、明日のネフィリア先生の講義に間に合わないからな。急いで探索しよう」

俺は『探知』スキルを発動し、モンスターの位置を把握《はあく》していく。

前回の攻略時と違って、魔法を使わないなどの縛《しば》りはしていない。

正直このダンジョンにいるモンスターでは傷を負《お》わされることがなくなってしまい、縛る必要性がないと感じたからだ。

地図を片手に歩きながら、俺は誕生日の出来事を思い出す。

話している最中だったのに途中で黙り込んで帰ったアリス。アリスはあの時何を言いかけていたんだろうか。そもそも急な態度の変わりようも何かおかしかった気がする。

『あのね……アレクは、その、私のこと』

アリスが何か聞こうとした時の表情。真面目な顔をしながらもどこか不安そうな様子だった。俺の返事を聞くのが不安だったのかもしれない。

あれからアリスとは顔を合わせていない。仲直りが出来る兆《きざ》しが見えたのに残念だ。

探索を続けて二時間後。ようやく目の前に巨大な鉄の扉が現れた。

その間に出会ったモンスター達は、可哀想だが瞬殺《しゅんさつ》だった。

先週のダンジョン攻略で、考えるより先に体が動くようになったおかげで、出会った瞬間に魔法を放てるようになった。

俺は扉を開ける前に深呼吸をする。

ボスに挑むのは二回目だが、やはり油断はいけない。

Fランクダンジョンのボス、ゴブリンロードは予想を遥《はる》かに超《こ》えた強さだった。今回も足をすくわれないようにしなければ。

「行くか」

俺は両手で扉を開け、すぐに右手に剣を握り中へと進んでいく。

中央にはゴブリンジェネラルが三体、フェザーウルフが二匹いる。

一番奥にいるのはFランクダンジョンのボスでお馴染《なじ》みのゴブリンロードだ。しかし、

槍を持ったゴブリン二体はフェザーウルフに騎乗《きじょう》していた。

今まで出会ったことがないタイプだ。俺はすぐさま対象に『鑑定』スキルを発動する。

【種族】ゴブリンライダー

【レベル】10

【HP】150／150

【魔力】100／100

【攻撃力】E－

【防御力】E－

【敏捷性】E＋

【知力】E＋

【運】E－

【スキル】

初級槍術
使役《しえき》
騎乗

新しいスキルが二つも確認出来たことに一瞬喜ぶ。

しかし俺はすぐに切り替え、目の前の敵に集中する。

かつて俺に傷を与えたゴブリンロードがより強力な部下を引き連《つ》れてやってきたのだ。

間違いなく難しい戦いになるだろう。

「ギャー！　ギャギャッギャ!!」

ゴブリンロードの雄たけびと共に行動を開始する集団。

三体のゴブリンジェネラルは即座に魔法を放ち、ゴブリンライダー達は俺を翻弄《ほんろう》するかのように左右へと走り回る。

フェザーウルフ単体ではありえない連携《れんけい》だ。これが『使役』スキルの効果なのかもしれない。

「こっちも行くぞ！　『火矢《ファイヤーアロー》』！」

俺は二体のゴブリンライダー目掛けて『火矢《ファイヤーアロー》』を放つ。まずは動きの速い敵から倒していこう。

しかしゴブリンライダー達は軽々と俺の魔法を避け、攻撃を仕掛けてきた。

さらにフェザーウルフが『風刃《ふうじん》』を放ってくる。

「クソ！　速い！」

剣を鞘にしまい魔法を回避した後、すぐに体勢を立て直し両手を向けて照準《しょうじゅん》を合わせようとするが、なかなかタイミングが掴めない。

仕方なく攻撃を諦め、飛来してきた『火球《ファイヤーボール》』を避ける。

向こうの攻撃は当たらないが、俺の攻撃も向こうを捉えることが出来ない。

その間にゴブリンジェネラル達は詠唱を完了させており、次弾を放ってきた。

「仕方ない。一体一体やっていくか」

俺はゴブリンライダー達を狙うことを諦め、ゴブリンジェネラルに照準を合わせる。

「『火矢《ファイヤーアロー》』！」

六発の『火矢《ファイヤーアロー》』がゴブリンジェネラル達を襲う。ゴブリンジェネラル達は自分に飛んでくる魔法を無視し、さらに次の魔法を放つ。

「ギャッ！」

俺の魔法をくらったゴブリンジェネラル達は最後に叫び声をあげ、動きを止めた。

俺はすぐさま意識を他のモンスターに移した。

だが、中央最奥《さいおう》にいたはずのゴブリンロードの姿が見えない。

「どこだ！」

俺は急いで『探知』スキルを発動する。

「な！　後ろだと！」

ゴブリンロードは他のモンスターに戦闘をさせ、自分の存在を俺の意識から外すことで、後ろに移動していたのだ。

すぐに体の向きを変え攻撃に備《そな》えるが、一瞬遅く、右腕を切られてしまう。

さらにゴブリンジェネラルが死に際《ぎわ》に飛ばした『火球《ファイヤーボール》』が俺の体を次々に襲う。

「グッ」

俺はゴブリンロードを蹴《け》り飛ばし、何とか距離を取る。

幸いにも傷は浅く、『火球《ファイヤーボール》』による損傷《そんしょう》も少ない。

やはりボスは強いな。同じゴブリンロードという種族のはずなのに、攻撃パターンがまるで違う。

勿論部下の強さもあるだろうが、それを踏まえても最高の敵だ。

俺は回復魔法を発動し傷を癒やす。そして戦いに勝利するために思考を巡らせる。

この戦場で一番厄介《やっかい》なのは、ゴブリンロードではなく、ゴブリンライダーの方だ。

素早い動きに長い槍。さらにフェザーウルフの風魔法。

対してゴブリンロードは剣術のみ。

「……仕方ない。熱いけど我慢《がまん》するか」

俺は地面に両手をつき『上級火魔法』を発動する。

「燃え盛る炎よ！　我が敵を捕《と》らえ焼き滅《ほろ》ぼせ！　『炎環《フレイムサークル》』」

魔法の発動と共に、この場にいる全ての生物を囲い込む、炎の壁が出現した。

炎の壁に囲われたことにより、温度が急上昇していく。

さらに壁は、徐々に中心へ狭《せば》まってくる。こうすればフェザーウルフの素早い動きも封《ふう》じられる。

「あとは俺とお前達の我慢比べだ！『剣気解放《けんきかいほう》』！」

俺は右手に剣を握りしめフェザーウルフへと突っ込んでいく。

突然出現した炎の壁に驚いていたフェザーウルフは俺の攻撃に対応が遅れその首を刎《は》ねられる。

『騎乗』していたゴブリンライダーはカウンターで槍を突き出してきたが、俺はその槍を避け、さらにカウンターで切り返した。

これで残すはゴブリンロードとゴブリンライダー達のみ。

俺が片方のゴブリンライダーに攻撃を仕掛けている間に既にゴブリンロードは立ち上がっており、ゴブリンライダーの隣にいた。これが最後の攻撃になるだろう。

「ギャッギャ！　ギャ！」

「あぁ。殺せるもんなら殺してみろ！」

ゴブリンロードはきっとこう言ったんだろう。『よくもやりやがったな！　殺してやる！』と。そういう目をしていた気がした。

俺とゴブリンロードは互いに目を離さず、どちらが先に攻撃を仕掛けるか窺《うかが》っている。

その間にも炎の壁は縮小《しゅくしょう》しており、ジリジリと距離を詰めてくる。

熱が増していき、互いの額からは大量の汗が流れる。

ポトリ。

汗が地面に落ちた瞬間、互いの声が重《かさ》なる。

「ギャー！」

「はぁー！」

ゴブリンロード達は一直線になって俺へと突撃してきた。

先頭はゴブリンライダーとフェザーウルフ、そしてその後ろにゴブリンロード。

どういう攻撃を仕掛けてくるかは分からない。

俺は鞘に入ったままの剣を握りしめ、魔力を通していく。この技で決めてみせる。

俺は右足に力を入れ、目にも留まらぬ速さで相手へと向かっていく。

ゴブリンライダーと俺が衝突《しょうとつ》するその瞬間、俺はスキルを発動する。

「居合《いあい》『月影《つきかげ》』！」

俺とゴブリンライダー達はぶつかることなくすれ違う。

そして俺が剣を鞘にしまった瞬間、フェザーウルフとゴブリンロードの体は上下に真っ二つになり息絶《いきた》えた。

その後、残りのゴブリンライダーも俺の剣を受け、こと切れた。

戦闘が終わり、『炎環《フレイムサークル》』を消す。

そして倒したモンスター達の亡骸に向かい、一体ずつ『解体』しそのスキル玉を体へと取り込んでいく。

今回の敵はボスだけではなく全てのモンスターが強敵だった。中ボスでこれならダンジョンボスは一体どうなるんだ。

「……まだまだ弱いな。俺は」

俺は拳《こぶし》を握りしめ、奥の扉へと歩き始める。

少しは強くなったと思っていた。

そんな自分の甘さに苛立《いらだ》ちを隠せずにいた。

■

ここはFランクダンジョン最下層、地下五階。

巨大な鉄の扉の先に、剣を握りしめ、モンスターの骸《むくろ》の上に立つ少女がいた。

その体は『漆黒の鎧《ダークドレス》』に覆《おお》われており、空中には十本の『漆黒の剣』が、少女を守るように浮いていた。

「ははは！　やった！　やったわ！　私一人でダンジョンボスを倒したわ！」

少女はダンジョンボスの首を蹴り飛ばし、高笑《たかわら》いする。

少女は強さを手に入れた。誰もが認める強さを。

「これでやっと……やっとアレクを殺せる!!　あははは!!」

少女は、アレクを殺すことが、さも自分の目的であるかのように叫ぶ。

首につけた、黒く輝くネックレスが怪《あや》しく輝いていた。

■

俺――アレクが中ボスを倒した後、受付の隣にある転移の陣から現れると、大騒《おおさわ》ぎになった。

Eランクダンジョンを攻略したと勘違《かんちが》いされたのかと思ったが、それは違った。

どうやら転移の陣は二つあるようで、俺が出てきたのは、地下五階層への行き来に使用する方だった。

それでも、俺がEランクダンジョンの中ボスを誰より早く討伐したことには変わりない。この騒ぎがきっかけとなり、俺の名前は学園中に知れ渡ることになった。

翌日。いつものようにネフィリア先生の講義を受けた俺は、研究室へ荷物を運び終えた後、食堂へと向かっていた。

「おい、あいつだろ？　もうEランクダンジョンの中ボスを倒したって噂の」

「白髪の一年っていえばあの子しかいないらしいし、そうなんじゃない？　凄いわよね」

俺が食堂に姿を現すと、大勢の人から指をさされる。正直悪い気分はしないが、注目されすぎるのは疲れるな。

俺は食堂へ来た目的であるアリスを探した。

ネフィリア先生に聞いた話によると、昨日、アリスがFランクダンジョンを攻略したらしいのだ。しかも、一人で攻略したという話だった。

どうやってあの強敵を倒したのかも気になるが、パーティーを組んでいたのではなかったのか？　もしパーティーを解消したのであれば勧誘《かんゆう》したかった。

俺は食堂のおばさんから食事を受け取り、アリスを探す。

目で探しても見つからなかったため、『探知』スキルを発動する。

アリスの魔力は一度『探知』しているため、同じ波動《はどう》のものがあれば見分けがつく。

しかし『探知』スキルにもアリスは引っかからなかった。

「はぁ、空振《からぶ》りか。仕方ないけど、また機会を見つけて話すことにしよう」

空《あ》いている席を探して、食堂をウロウロしていると声をかけられた。

「アレク！　ここが空《あ》いているぞ！　ここに座れ！」

顔を向けると、ヴァルトが大きく手招きをしていた。どうやら、自分の前の席に座れということらしい。

俺は仕方なく奴の前の席に座り食事をとる。ニコさんは椅子に座ることなく、ヴァルトの後ろで立っていた。

「おいアレク！　貴様、誕生日の日に食堂にいないとはどういう了見《りょうけん》だ！　学園の風習を知らんのか？」

「は？　食堂にいたぞ？　しかもエリック兄さんは祝ってくれた」

「なんだと？　私も五月六日はしっかりと食堂に行った！　でも貴様はいなかったぞ！」

「……俺の誕生日は五月五日だ」

俺はため息をつきながらヴァルトに言葉を返した。

ヴァルトは俺の誕生日を忘れていたわけではなく、間違えて覚えていたらしい。

ヴァルトは俺の返事を聞いて、口を開けたまま固まっていた。

「アレク様、大変失礼いたしました。遅くなってしまいましたが、こちらがヴァルト様からのお祝いの品になります」

ニコがヴァルトに代わって、謝りながら渡してきたのは、豪華な装飾が施された小さな箱だった。

箱を開くと、中には剣と角《つの》の生《は》えた馬が描かれたメダルが入っていた。

「綺麗《きれい》なメダルだな。剣と……ユニコーンか？」

「そうだ！　それは、バッカス家が身分を保証する証《あかし》として贈呈《ぞうてい》するメダルだ！　本来であれば父上にしか贈呈する権利はないのだが、私も三枚だけ渡す権利を持っている！　カールストン家を出た貴様の身分をバッカス家が保証するのだ！　ありがたく思え！」

誕生日を間違えたショックから立ち直ったヴァルトが、さぁ感謝しろというような態度で腕を組み鼻を鳴らす。

カールストン家を出た俺が、貴族に身分を保証して貰えるのは凄くありがたいことだ。バッカス侯爵《こうしゃくけ》家に保証して貰える機会なんてこの先ないだろう。

だがこのヴァルトに渡されるのがなぜか癪《しゃく》に障る。俺が受け取るか悩んでいると、ニコがこっそりと教えてくれた。

「ヴァルト様はこう言っておられますが、アレク様のことを心配なさっているのです。それに本心は、友人の証としてメダルを送りたいのです。どうか受け取ってあげてください」

「そうか。それなら貰うよ。ありがとな、ヴァルト」

ニコに頭を下げられた俺は、素直にお礼を言う。

ヴァルトは満面の笑みになり、再び食事を始めた。

食事を食べ終えると、今度は俺からヴァルトに質問をする。

「そういえば、アリスがFランクダンジョンを攻略したらしいが、何か聞いているか？　ソロで攻略したって話だが」

俺の質問にヴァルトは表情を曇らせる。

「聞いた話だが、アリス様は自身がリーダーを務《つと》めていたパーティーから、一方的に抜けたらしい。『貴方達では足手まとい』と言ってな。その後一人でダンジョンに挑戦し、見事ソロで攻略したというわけだ」

ヴァルトは口元を拭きながら教えてくれた。

「そういえば、アリス様の誕生日の時にアレクの過去を話しかけたんだがな。聞いて貰えなかった。それとアリス様は昔、お前から手紙を貰ったらしい。『私が貴方と会いたくないのです』……そう書かれた手紙をな」

ヴァルトはそう言うと俺を睨みつけてくる。

「私からすればアレクもアリス様もかけがえのない友人だ。しかしアリス様とお前の話が食い違っている以上、どちらかが嘘をついていることになる。もし貴様がアリス様にそうした手紙を送っていたとしたら……私は貴様をたたき切らねばならない」

普段のヴァルトとは全く違う真剣な表情になり、腰に差した剣に手をかける。

俺はそんな内容の手紙をアリスに送ったことなどなかった。

勿論六歳から八歳までの間には何度か手紙を送っている。しかしそれ以降は手紙を出すことは不可能だったのだから。

「悪いが俺はそんな手紙を出した覚えはない。俺が嘘をついていないとなるとアリスが嘘をついていることになるが……」

俺は頭を悩ませた。

アリスは嘘をつくような子ではない。寧ろ正直すぎるから、幼い頃に友人が出来なくて困っていたと本人から聞いた。

となると、誰かが俺の名を騙《かた》り、アリスに手紙を出したということだ。

しかも俺とアリスの仲を知る人……つまり。

「俺の推測だが、アリスは嘘をついていない。その手紙は俺ではなく、俺の名を騙った誰かがアリスに渡したものだろう。……多分、父上かエリック兄さんだ。本人に確認出来ればいいのだが」

俺はヴァルトにそう告げ、再び頭を抱えた。

アリスが泣いていた理由はきっとその手紙が原因だろう。初めて出来た友人である俺が、『会いたくない』などと、わざわざ手紙で伝えてきたのだから。

それなのに、当の本人はそれを知らずに話しかけてくるのだからな。

アリスと顔を合わせて話せれば誤解《ごかい》はすぐに解《と》けるだろう。

直接話すにはどうやって会えばいい？　伝言板のようなものがあれば良かったのだが。

それかアリスが寮生《りょうせい》ならば何とか出来たかもしれない。

「なるほど。貴様の名を騙り、アリス様に手紙を出したのは貴様の父上か兄上ということか。ならば確かめようではないか。ほら、行くぞ」

ヴァルトは俺が頭を悩ませているのを無視し、椅子から立ち上がり俺を急《せ》かす。

「行くって、どこにだよ！」

「貴様の兄上の所だ」

そう言ってヴァルトは歩き始めた。

「エリック兄さんに会いに行くって言ったって、どこに行くんだ？」

俺はヴァルトの後ろを歩きながら問いかける。

「大魔導研究部の部室だ！」

「大魔導研究部？　部室？」

俺は部室という言葉に懐《なつ》かしさを感じたが、そもそも部活が存在していることを知らなかった。

入学時の説明にもなかったし、知らなくてもしょうがないことだが。

「そうだ！　大魔導研究部の部長を務めているのが、アレクの兄上だ。毎週水曜日は部活動があるからな。部に所属している者は皆、自分の部の部室へ向かうのだ！　ちなみに私は剣技研究会に所属している！」

「そ、そうだったのか」

ヴァルトと歩きながら話していると、ある部屋の前でヴァルトの足が止まる。扉には『大魔導研究部』と記されていた。

中から結構な大きさの声が聞こえ、議論をしていることが伝わってくる。

ヴァルトは礼儀正《れいぎただ》しく扉をノックし、開かれるのを待っていた。こういうところを見ると、この男も貴族なんだなと実感できる。

ノックの後、部屋の中は静かになった。

やがて扉が開き、中から男子が現れた。

「何の用だ！　今我々は新しい魔法について、議論を行っている真っ最中なのだ！　つまらない用事なら後にしろ！」

「バッカス家長男、ヴァルト・バッカスだ！　エリック・カールストン殿《どの》に用事があって参った！　少し話をさせて頂きたい！」

ヴァルトが家名を名乗ると、相手は青ざめた顔になる。そしてすぐに頭を下げ、先程までの態度をひとしきり謝った後、部屋の中にとって返してエリック兄さんを呼んでいた。

暫くして、十名程の生徒が部屋を出ていった。

俺達はもう誰も出てくることがないのを確認して、部屋へと入っていく。

一番奥の椅子に、エリック兄さんが座っていた。

「久しぶりですね、ヴァルト殿。お元気そうで何よりだ」

「お久しぶりです、エリック殿。今日は貴殿《きでん》に聞きたいことがあってここに来た」

エリック兄さんと軽く挨拶を交わした後、すぐさま本題へと入るヴァルト。

エリック兄さんは俺の顔を見て、何かを察したのか、覚悟を決めた表情になっていた。

「聞きたいこと？　一体何かな？」

「……単刀直入《たんとうちょくにゅう》に聞こう。貴方はラドフォード公爵家令嬢、アリス・ラドフォード様にアレクの名を騙り手紙を出したか？　もしくは手紙を出した人物を知っているか？」

ヴァルトのド直球な質問に、エリック兄さんは息を吐いた後、静かに語り始めた。

「あぁ知っているよ……アレクの名を騙り、アリス様に手紙を出したのは私の父、ダグラス・カールストンだ」

エリック兄さんの返事を聞いたヴァルトは、腰に携《たずさ》えた剣に、ゆっくりと手を添《そ》える。

ニコがいない今、どうやってこいつの暴走《ぼうそう》を止めればいいのか分からない。万が一、エリック兄さんに斬《き》りかかったら、何としても止めねば。

「……なぜそんなことを？」

「私達の父は、さらなる上の地位を目指していてな。初めはアリス様と仲良くなったアレクを自分の計画に利用するつもりでいたのだ」

ヴァルトの問いかけにエリック兄さんは、ヴァルトから視線を逸らし俺の方を見てから答える。

「お前の職業が『魔導士』や『魔術士』であれば、家を出ていかなければならなかったのは俺の方だったんだよ。それぐらい、公爵家令嬢と良好な関係を結《むす》んだお前は、父上にとって最高の駒《こま》だったんだ。お前が八歳になるまでの二年間、俺は地獄《じごく》の日々を送っていたよ。だが父上の計画も、お前の『鑑定の儀』の結果によって破綻《はたん》することになる」

「……俺の職業が『解体屋』だったから」

「そうだ。おかげで俺は、再びカールストン家での地位を取り戻した。そして父上はお前が築き上げたアリス様との絆を、何とかして俺に引き継《つ》がせようとしたんだ。だから父上はアレクの名を騙りアリス様に手紙を出した。『絶縁《ぜつえん》の手紙』をな。その後も何度かアリス様から手紙は来たよ。アレクは何をしているかって。その手紙に俺は、『アレクは貴方と会いたくない。話もしたくないそうです』と嘘の内容を返しておいた」

悪びれることなく、眉《まゆ》一つ動かさずに語るエリック兄さん。

「絶縁の手紙って……父上はどんな内容のものを送ったんですか」

「お前がアリス様とはもう二度と会いたくないと言っている、という内容だ」

「そんなこと、俺は一度も思っていない!!」

俺は思わず叫んだ。自分が知らない間に起きていたことに、衝撃《しょうげき》を隠せなかった。

勿論父上が俺を利用しようとしていたことは分かっていたし、エリック兄さんが迫害《はくがい》されていたことも知っていた。

だがアリスから手紙が来ていたことも、エリック兄さんがアリスに手紙を出していたことも、アリスに最低の内容の手紙が渡されていたことも知らなかった。

俺は怒りを抑《おさ》えることが出来ず、エリック兄さんを睨みつける。

そんなことも気にせず、エリック兄さんは目の前に置いてあったコップを口に運ぶ。喉を潤《うるお》したエリック兄さんは再び話し始めた。

「その後アリス様はカールストン家にまでやってきた。アレクに会わせて欲しいとな。だが父上の迫真《はくしん》の演技に騙《だま》されて諦めて帰っていったよ。泣きながらな!」

エリック兄さんが話し終える前に、俺は魔法を放とうとしていた。この怒りを何としてもぶつけておきたかったから。

しかし俺よりも一瞬早くヴァルトの剣が抜かれ、目にも留まらぬ速さでエリック兄さんの首元へと突き立てられた。あと数ミリ動かせば首に刺さってしまうところだ。

「……話は終わりか、エリック・カールストン。私の友人達の心を痛めつけた代償《だいしょう》。その首で払って貰うぞ!!」

「好きにしろ。覚悟はとうに出来ている」

「そうか。なら罪を償え！」

ヴァルトが剣を突き刺そうとしたその瞬間、廊下《ろうか》から叫び声が聞こえた。

「嘘よ!!」

聞き覚えのある声に、ヴァルトの動きが止まる。

声がした方へ顔を向けると、両目から大粒の涙を流すアリスが立っていた。

「……アリス」

声をかけようとするが、彼女は俺の目を見つめた後、すぐに走り去ってしまった。

俺がアリスの後を追うか迷っていると、ヴァルトに怒鳴《どな》られる。

「アレク!!　今追わずしてどうする！　貴様、追いつけなかったら細切《こまぎ》れにするぞ!!」

「……すまん」

俺は一言ヴァルトに返し、全速力でアリスを追った。

視界から既に消えてしまったアリスを見つけるために、俺は『探知』スキルを発動し、アリスの魔力を探した。

「いた！　ここだ！」

アリスはかなりの速度で移動し続けており、止まることはなさそうだ。

俺は全速力でアリスの元へ駆けていく。程なくして、アリスは移動することをやめた。

アリスがいる場所は実技演習場。

今日はどのクラスも実技演習がないようで、他には誰もいない。

俺が演習場に辿り着いた時、アリスは棒立《ぼうだ》ちのまま俺を見つめてきた。

アリスの目からは光が消えており、うつろな表情をしている。

なんにせよ、二人きりで会話をするチャンスだ。

ここで誤解を解《と》かないといけない。

「アリス。さっきの話聞いてたか？」

言葉を投げかけるが、アリスは無表情のまま、瞬《まばた》き一つしない。

そして、俺の質問を無視して話し始めた。

「ねぇアレク……私と真剣勝負しない？　何でもありの」

「真剣勝負？　いいけど今じゃなくてもいいだろ。それより今は——」

「今じゃなきゃダメなのよ！！！」

アリスは俺の返事を遮り、叫び声をあげる。

俺は突然のことに驚き、話すことをやめてしまった。

「今じゃなきゃダメなの!!　今貴方を殺して、ようやく私の心に平穏《へいおん》が訪れる!!」

「は？　……俺を殺すってなんだよ！　アリスどうしたんだよ！」

「もう無理……お願いだから……死んで！！！」

「なっ！」

喋り終えたと同時に、剣を握りしめ突撃してくるアリス。

模擬戦の時とは比べ物にならない速度、そして俺に対する完璧《かんぺき》な殺意を込めた一撃。

俺もすぐさま剣を構え防御するが、アリスの連撃《れんげき》は止まらない。

「アリスどうしてだ！　何があった！」

「うるさい！　うるさい！　うるさい！」

明らかに常軌《じょうき》を逸《いっ》している。

流石におかしいと思った俺は、アリスを『鑑定』した。

【名前】アリス・ラドフォード
【種族】人間
【性別】女
【職業】剣聖
【階級】ラドフォード公爵家令嬢
【レベル】15
【ＨＰ】８００／８００
【魔力】４００／４００

【攻撃力】Ｄ＋
【防御力】Ｅ－
【敏捷性】Ｄ－
【知力】Ｃ＋
【運】Ｃ＋
【スキル】
上級剣術
縮地《しゅくち》
【オリジナルスキル】
漆黒の鎧《ダークドレス》
【状態】
洗脳《せんのう》

「クソ！　やっぱりか！」

アリスのステータスに刻《きざ》まれた『洗脳』の文字。

このせいでアリスがおかしくなっているに違いない。

だが、洗脳なんてどうやって解けばいいんだ？　『上級回復魔法』の『状態異常回復』

を使えばなんとかいけるか？

俺は思いつくままに、回復魔法をアリスに使用する。

しかしアリスの目に光が戻ることはなく、俺への殺意は消えない。

それどころか次第に攻撃が力強くなっている。

この攻撃を躱《かわ》しながら、アリスを元に戻す手段を考えなければならないのか。しかもアリスを傷つけることなく。厳しすぎる。

「はぁ！」

模擬戦の時のように、『縮地《しゅくち》』を使って一瞬のうちに距離を詰めてくるアリス。

もはや傷を負わせたくないとか言っている場合ではない。

俺は何とか距離を取るために、アリスの攻撃を躱し腹に蹴りを入れる。

俺の蹴りをくらったアリスは、少し飛ばされたものの、すぐに体勢を整えニヤリと笑う。

「グッ……やっぱり強いなーアレクは。まさかもうとっておきを見せなきゃいけないなんてね」

そう言うと、アリスの体を黒い霧《きり》が覆い始める。

それだけではなく、十個程の黒い球体がアリスを守るように宙に浮かび始めた。

「これがね、貴方を殺すために編《あ》み出した、私のオリジナルスキル……『漆黒の鎧《ダークドレス》』!!」

アリスがそう叫んだ瞬間、彼女の体を覆っていた霧は『漆黒の鎧《ダークドレス》』へと変わり、浮かんでいた黒い球体は、黒い剣へと変貌《へんぼう》を遂《と》げた。

「これで貴方を殺せる！　私の剣で……貴方を殺す!!」

叫び声と共に、目を見開き突撃してくるアリス。

アリスの突撃と同時に、十本の剣も俺目掛けて飛んでくる。

これは流石に、無傷で終わらせるのは無理そうだ。

「我慢してくれ……『火球《ファイヤーボール》』!!」

俺はアリス目掛けて八発の『火球《ファイヤーボール》』を放つ。意識を飛ばせれば洗脳が解けるかもしれない。

アリスはスピードを落とすことなくこちらへ向かってくる。

全ての『火球《ファイヤーボール》』がアリスに着弾し煙《けむり》が立ち込めるが、アリスは無傷で姿を現した。

俺は思わず舌打ちをし、次の魔法を放つ。

「チッ！　『土壁《アースウォール》』！」

俺はいつもの戦法で目の前に『土壁《アースウォール》』を出現させて、アリスの視界から俺の姿を消す。

確かめておかなければいけないことがある。

アリスの鎧と剣の強度がどれ程か、剣を消滅させた場合、再び出現するのか。

もし再出現しなければ、剣を破壊してからアリスに集中した方が良い。

俺は飛んでくる剣に向けて魔法を放ち、相殺《そうさい》させようと試《こころ》みる。

「『火矢《ファイヤーアロー》』！」

俺は同時に八発の『火矢《ファイヤーアロー》』を八本の黒い剣に対して放ち、残りの二本の黒い剣とアリスの剣を回避することに集中する。

俺の考えでは『火矢《ファイヤーアロー》』で八本の剣を相殺し、残りを自分の剣で破壊、その後にアリスの剣を回避するつもりだった。

しかし『火矢《ファイヤーアロー》』で相殺するどころか、八本の黒い剣は俺の『火矢《ファイヤーアロー》』を貫き、そのまま俺目掛けて飛んできた。

「クソ！　土――」

「死ねぇえ！！！」

俺は自分の周囲を『土壁《アースウォール》』で覆い剣を防ごうとしたが、一瞬早くアリスが目の前の『土壁《アースウォール》』を突き破《やぶ》った。

アリスはそのままの勢いで、俺の左肩を剣で突き刺す。

さらに十本の黒い剣が俺を襲い、深手《ふかで》を負ってしまった。

「グッ……ガハッ！」

アリスに吹き飛ばされた俺は、地面を転《ころ》びながらもなんとか体勢を立て直す。

アリスの剣で突かれた左肩からは大量の血が出ており、黒い剣に切り刻まれた箇所《かしょ》もひどい出血をしていた。

このままだと出血多量で死ぬ。アリスのことを見くびっていた。まさかオーガキング戦よりヤバいことになるとは。

俺はアルテナの忠告を思い出し、もっと鍛えておくべきだったと後悔《こうかい》した。

痛みを堪《こら》えながら笑みを浮かべ、『上級回復魔法』の『大回復《フルヒール》』を使い、何とか立ち上がる。

体の欠損《けっそん》がない限り傷を癒やすことが出来るが、失った血までは回復出来ない。

このままアリスの体に傷を負わせないように戦っていれば、間違いなく血が足りなくなって倒れてしまう。

アリスは依然《いぜん》として俺に殺意を向けている。どうしたものか。

洗脳の原因を突き止めて、元を断《た》てばよさそうだが……。

大抵こういうのは、身につけている装備とかに洗脳の魔法がかかっていることが多いのが、ファンタジー世界の定番だ。

「なぁアリス。死ぬ前に聞いておきたいことがあるんだが。いいか？」

「……」

俺は何とかアリスの洗脳を解くために、アリスが身につけているものを『鑑定』しまくる。

そのためにも、なんとか時間を稼《かせ》がないと。

「俺が昔あげた白い花の髪留め、あれどこにいったんだ？　まさか捨てたのか？」

「――い」

髪留め……違う。

「友達からプレゼントを貰ったの初めてだって、泣いて喜んでたよな！」

「──さい」

腕輪……違う。

「それに、アリスがこんなに綺麗になっているとは思わなかったよ！　びっくりだ！」

「──るさい」

服か？　……違う。

他に何か、何かないか。

流石に時間をかけすぎたのか、俺の話を黙って聞いていたアリスも既に剣を構えている。

仕方なく俺も剣を構え、アリスの攻撃を防ぐために剣へ魔力を通す。

最悪、アリスの剣を叩き切ればなんとかなるかもしれない。その前に洗脳の原因を見つけてアリスを助ける。

「これで最後だ。アリス……俺は何が起きようとアリスの友達だ。だから──」

懐かしき日々を思い出す。

初めてアリスと出会い、かけがえのない絆を手に入れた日々を。

確かに俺の家族のせいで、その絆は切れかけているかもしれない。

だけど、今からだって取り戻せるかもしれないだろ？

だから――

「俺はお前を救ってみせる!!」

「うるさい！！！！」

俺の叫び声と共にアリスも叫び声をあげ、再び俺目掛けて突進してきた。

俺は剣を構えたまま、ギリギリまでアリスの体を観察することに徹《てっ》する。

何としてもアリスを救う。その一心で。

アリスの剣が迫りくる中、すんでのところで、アリスの首元で黒く光るネックレスを見つけた。

俺はすぐさまそのネックレスを『鑑定』にかける。

【闇のネックレス（洗脳）】

このネックレスの装着者を所有者は洗脳することが出来る。負《ふ》のエネルギーが溜《た》まることに洗脳の強さは増していく。

「見つけた！」

俺は右手に剣を握りしめ、空中に浮かんでいる十本の黒い剣の位置を把握する。

俺の狙いはネックレスただ一つ。

この際どんな傷を負ったとしても良い。目を失おうが片手を失おうが。

なぜならアリスをここまで追い詰めたのは、カールストン家だから。

そして、その行いに気づくことが出来なかった俺自身のせいだから。

アリスとの楽しい日々を取り戻せるなら、腕の一本くらいくれてやる!!

俺は覚悟を決め、ネックレスを破壊することだけに意識を集中させる。

その間にもアリスの剣は俺の左胸に近づいてくる。

この一撃で俺を確実に殺すつもりなのだろう。どれだけ俺が傷を受けようが構わない。

アリスにとって俺が初めての友達であるように、俺にとってもアリスはこの世界で初めての友達なのだから。

「死ねぇ！　アレクゥゥ!!」

「来いアリス！　俺はお前の剣じゃ死なない!!」

俺は自分の脳天《のうてん》目掛けて飛んできた一本の黒い剣のみをはじき、他の攻撃を全て体で受け止めた。

他の剣の攻撃では致命傷《ちめいしょう》にならないと踏んでいたからだ。

予想通り、その一本以外は俺の足や腕に傷を与えていくものの致命傷にはならない。

そして体をほんの僅《わず》か右側へと動かし、アリスが突き刺してきた剣を左肩で受け止める。

それから右手に握っていた剣を放り投げ、アリスの首元にあるネックレスへと手を伸ばした。

「グッ……根性《こんじょう》だぁ!!　『風刃《ふうじん》』!!」

ネックレスを掴んだ手のひらから魔法を放つ。

パリンと音を立てて、黒い石が二つに割れ、ネックレスが破壊される。

その瞬間、小さな衝撃波が発生し、俺とアリスは吹き飛ばされた。

ネックレスの残骸《ざんがい》が下にポトリと落ちる。

「カハッ」

「グッッ」

地面に打ちつけられた俺は何とか立ち上がろうとするものの、あまりの傷の多さに立てずにいた。

「はぁ、はぁ……回復魔法……クソ、魔力が足りない」

初めに受けた傷を回復させた時に、思っていたよりも魔力を消費してしまっていたらしい。

急いで『収納』からハイマナポーションとハイポーションを出して、一気に飲み干す。

「フィーナさんが言ってたこと、あながち間違いではなかったな」

『大丈夫、きっと役に立つわよ。私の勘《かん》がそう言ってるから!』

あの憎たらしい笑顔も、今この時は女神のように思える。

魔力を全回復させるまでには至《いた》らなかったものの、半分は回復させることが出来た。

傷を癒やした俺は、何とか立ち上がりアリスの方へと歩き始める。

『鑑定』をかけたところステータスから『洗脳』の文字は消えていた。

そしてアリスに声をかけようとするが、違和感に気づき足を止める。

「『漆黒の鎧《ダークドレス》』が消えていない」

洗脳状態は解除《かいじょ》されたというのにアリスの瞳には光が戻っておらず、アリスを覆っていた黒い霧も消えないのだ。

いまだに鎧と剣の状態を維持し俺にその剣先を向けている。

俺は少し離れた場所からアリスに声をかけた。願わくば昔のように笑顔で返事をしてくれ。そんな願いをこめながら。

「アリス、無事か？」

しかしその願いは、アリスに届くことはなかった。

「あぁぁぁぁぁぁあっぁぁっぁぁ!!」

頭を抱え、アリスは悲痛《ひつう》な叫び声をあげた。

■

永い眠《ねむ》りについていたような感覚から、少しずつ意識がはっきりとしていく。

私――アリスの視界は、ずっと暗闇に覆われていた。

その暗闇が晴れたと思ったら、目の前にはボロボロになったアレクが倒れている。

私は一体、今まで何をしていたの？

アレクの誕生日に、食堂でアレクに会ってからの記憶がない。それ以前の記憶もおぼろげだ。

ここは一体どこ？

なぜ私とアレクはここにいるの？

なぜアレクはあんな怪我《けが》を？

私はアレクに駆け寄り声をかけようとする。しかし肝心《かんじん》の声が出ない。体も動かすことが出来なかった。

私が自分の体に違和感を覚えていると、突然頭の中に声が響いた。

『アレクを殺せ』

アレクを殺せ？　なんで私がアレクを殺さなきゃいけないの？

確かにアレクのことは憎んでいるけど、殺すつもりなんて全然ない。

少し痛い目を見させられればそれで良いの。

しかし私の意思とは反対に、私の体は剣を構える。その意思に同調するかのように私の体を守る黒い鎧、宙に浮かぶ黒い剣。

(何よこれ！　こんなの知らない！)

再びアレクへと目を向けると、アレクの傷は癒やされており、私の方へと歩いてきていた。その瞬間、頭に激痛《げきつう》が走る。

(ウッ……)

激痛と共に、私の中で失われていた記憶がよみがえる。

ダンジョンの中でアレクに出会い、魔石を渡された時、私はアレクの戦果を報告したと思っていたのに、実際は嘘を報告し、アレクの戦果を横取りしていたこと。

パーティーメンバーに負担《ふたん》がかかることを恐れ、自《みずか》らパーティーを抜けたと思っていたのに、彼女達に罵声《ばせい》を浴びせ、心に傷を負わせてしまったこと。

そして。

アレクは私を裏切ってはいなかったことを。

「アリス、無事か?」

アレクの声が聞こえる。

「あぁぁぁぁぁぁぁあぁっぁぁっぁぁ!!」

声が出せないはずだったのに、私は叫んだ。叫ばずにはいられなかった。

私の一方的な勘違いでアレクを傷つけるだけでなく、周りの人達まで傷つけてしまった。

私は暴走し、自らの剣でアレクを殺そうとした。私の初めての友人を。

私の心は砕《くだ》かれる。

アレクの隣を歩くことはもう出来ない。

それどころか私に生きる資格があるのだろうか。

いや、ないだろう。自分の願いを叶えるために他人を犠牲《ぎせい》にし、闇に呑《の》まれたのだから。

どうすれば昔のようになれるのだろう。

アレクと笑い合い、手を繋《つな》ぎ合ったあの頃のように。

『アレクを殺せばいいのよ』

頭の中に再び声が響く。

私の意識は刈《か》り取られ、深い闇へと落ちていった。

■

叫び声をあげたアリスは光の灯《とも》らないその瞳で俺――アレクを睨みつけ、再び襲いかかってきた。

「クソ！　どうしたらいいんだ！」

俺は放り投げた剣を急いで拾い、飛来してくる黒い剣を弾《はじ》き飛ばす。

先程の戦闘と比べると、攻撃の速度も精度も格段に落ちている。

アリスの突撃も『縮地《しゅくち》』を使うわけではなくただ突っ込んでくる力任せの攻撃だ。

これくらいなら問題なく対処出来る。

しかし問題なのはアリスの状態だ。

どうすれば意識を戻せるんだ。

洗脳状態は既に解除済みなのに、アリスの意識はない。『漆黒の鎧《ダークドレス》』は消えることなく俺を襲い続ける。

俺はアリスの攻撃を躱し続けながら、思考を巡らせた。

「アリス！　目を覚ませ！　俺はお前の敵じゃない‼」

俺はアリスに叫ぶが、アリスは何も反応を示さず剣を振るい続ける。

「クソ！　アリス！　アリス！」

■

「ほらアリス。あっちに行ってお友達と遊んできなさい」

「はいお父様」

私――アリスの目の前に、幼い頃の私がいた。

彼女はお父様に言われた通り、貴族の子供達の集団がいる方向に歩き始める。

(なにこれ……)

先程までアレクを前に絶望していた私だったが、突然目の前に昔の景色が現れたのだ。

それも幼い頃の私を客観的《きゃっかんてき》に見ている。

まだ五歳で、アレクと出会う前のはずだ。

この後私は、貴族の子供達に馴染むことが出来ずお父様の所へ戻っていくはず。

私の記憶通り、子供達の所へ行ったものの挨拶を交わして、すぐに戻ってきてしまった。

(ほら、やっぱりそうだ)

どうやら私は過去の記憶を見せられているらしい。

うまく周りと馴染めずにいた幼い頃の嫌な記憶。

すると場面が変わり、私の六歳の誕生日パーティーの場面になった。

「アリス様！　お誕生日おめでとうございます！」

「ありがとうございます」

無表情でプレゼントを受け取る自分を見て、流石にもう少し愛想《あいそ》がいいと思っていた私はショックを受ける。

(ちょっと酷いわねこれは)

プレゼントを渡した貴族は列を外れ、私から離れていく。

この人達は私を一人の女の子としては見ていなかった。ラドフォード家の令嬢、ただそれだけの存在価値しか、私にはなかった。

再び場面が変わり、幼い私と白髪の男の子が立っていた。

私の人生で一番の思い出の日。

（アレク……）

「じゃあ私の方がお姉さんね！　私の言うことは何でも聞きなさい！　いいわね！」

「分かりました、アリス様。何をすればよろしいのでしょうか？」

アレクに命令している幼い頃の自分を見た私は、あまりの恥ずかしさに顔が真っ赤《まか》になってしまい、手で覆い隠した。

幼い頃の私は、こんなにもわがままだったのか。もっと可愛げがあったと思っていたのに。

指の間から二人の様子を見つめ、私は思わず口を緩ませる。

アレクは全てをさらけ出した私に『素敵な女性』と言ってくれた。

それがどれだけ嬉しかったことか。

この日は私にとって間違いなく最高の一日だった。

だからこそ思い知らされる。この関係にはもう二度と戻れないのだと。私達の絆は切れてしまったのだと。

私はその場にうずくまり、ゆっくりと瞼《まぶた》を閉じた。

■

「アリス！　しっかりしろ！」

俺――アレクは何度もアリスを呼ぶが、アリスの攻撃は止まらない。

ここまでアリスの攻撃を受けて分かったが、『漆黒の鎧《ダークドレス》』というアリスのオリジナルスキルは、とてつもなく強力なスキルだ。

俺の防御力はなかなかのものなのに、傷を与えてくるのだから。

アリスの瞳を見つめたその時、俺はふと、ライオネル先生の言葉を思い出す。

『オリジナルスキルとは自分の心を具現化したスキルと言ってもいい。もし心が不安定な状態でスキルを使えば身を滅ぼすことになるぞ』

「心を具現化したスキル……」

今アリスが発動させているオリジナルスキルは、心を具現化したもの。

『漆黒の鎧《ダークドレス》』は自分の身を守り、『漆黒の剣』は脅威《きょうい》となる敵を排除《はいじょ》する。だが心が不安定な状態でスキルを使えば――。

きっと今のアリスの暴走は、アリス自身の心が不安定な状態でオリジナルスキルを使用したことによるものだ。つまりスキルの発動を止めれば、アリスの暴走も止められるはず。

すぐにでもアリスの暴走を止めなければ、アリスの心が壊《こわ》れてしまうかもしれない。

俺は必死に頭を回転させる。

「スキルといっても、空中に浮いている黒い剣は明らかに魔力を帯《お》びてる。つまり少なからず魔力を消費しているということ」

俺は『探知』スキルを発動させ、魔力の流れを見極《みきわ》める。

細い魔力の線が、アリスの右手に握られた剣から、鎧と十本の黒い剣それぞれに繋がっている。つまりアリスの剣自体がオリジナルスキルの本体ということだ。

それならば剣を破壊、もしくは奪い取れば魔力の繋がりは消え、アリスのスキルを止められるだろう。

俺は右手に握りしめた剣に魔力を流す。さらに左手をアリスへと向け魔法を発動させる。

「『火矢《ファイヤーアロー》』!!」

魔法を放った瞬間、今度は俺からアリスへと突っ込んでいく。

アリスの周りに浮かぶ黒い剣は、俺から放たれた『火矢《ファイヤーアロー》』をはじくことを優先し、アリスから一瞬だけ離れる。

俺はその隙を見逃さず、がら空《あ》きとなった右側に走り込み、アリスの右手に握りしめられた剣に向かって、全力の一撃を叩き込む。

「『剛力』!!」

俺の魔力半分を注《そそ》ぎ、さらに攻撃力を一時的に増加させた攻撃だ。間違いなく破壊出来るはず。

しかし――

ギイン！

鈍《にぶ》い音が鳴り響き、俺の剣ははじき返されてしまった。

「なんだと‼」

予想外の出来事に一瞬判断が遅れ、俺は足を滑《すべ》らせる。その隙を見逃さず、アリスの黒い剣が容赦《ようしゃ》なく俺に降り注ぐ。

「グッ！」

俺は傷を負いながらもなんとか距離を取り、回復魔法を発動させた。

剣が破壊出来ないと分かった以上、剣を握る右腕ごと斬り落とす。それしか方法はない。

幸いにもフィーナさんから購入したフルポーションがある。これを使えば切断された右手も直後ならくっつけられるはずだ。

しかし動きまわるアリスの右腕だけを狙って斬り落とすなんて、流石に無理がある。

攻撃を躱しながら懐《ふところ》に入ったとしても、体を少しでも動かされて心臓を剣で突いてしまえばそこで終わりだ。

『覇空切断《はくうせつだん》』を使えば遠距離からでも右腕を切断することは可能だが、これも結局動かれてしまえば意味がない。

　逆に言えば、動きさえ止められれば間違いなく右腕は切断出来る。

　だが――

「……やっぱりこれしかないか」

　俺は覚悟を決めて、右手に剣を握ったまま両手を横に広げ、無防備な状態を作り出す。

『漆黒の鎧《ダークドレス》』は俺の行為で隙が生じたと判断し、俺の体目掛けて攻撃を仕掛けてきた。

　俺は突っ込んでくるアリスをそのままの状態でじっと待つ。

　そして――

「ヴッ……ガハッ!!」

　アリスの剣は俺の腹を貫き、柄《つか》の部分まで深く刺さった。

　あまりの痛みに意識が飛びかけるが、唇を噛みしめ何とか意識を保つ。そして左手でアリスの右手を捕まえ動きを止める。

「はぁ、はぁ……アリス戻ってこい！！！　『剛力』！！！」

　俺の残る全魔力を流した剣を、鎧の隙間を狙ってアリスの右腕へと振り下ろす。

　アリスの右腕は見事に切断され、剣とアリスの体は引き離される。

　結果、魔力の供給が断たれた『漆黒の鎧《ダークドレス》』は消滅した。

　その直後、アリスの体は動きを止め、地面に倒れ込む。

俺は急いで腹から剣を引き抜き、『収納』から残り一本となったハイマナポーションを取り出し一気に飲み干した。

咽《む》せながらも魔力を回復させた俺は、すぐに『大回復《フルヒール》』を発動させ、腹の傷を塞ぐ。

「待ってろ、アリス」

体の回復を待たず、ボロボロになりながらも俺は急いで立ち上がる。切断したアリスの右手を拾い、体へとくっつけるために『収納』からフルポーションが入った箱を取り出す。

右腕の切断箇所同士をくっつけながら、フルポーションの中身をアリスの傷口へとかけようとした時、俺はフィーナさんの言葉を思い出し、その手を止める。

「そうだ、『飲んだ方が後遺症もないし、おススメよ』って言ってたな。アリスに飲んで貰わないと」

俺はアリスの口を開け、フルポーションが入った瓶の口をアリスの口の中へと無理やりねじ込み、液体を流し込んでいく。

しかしアリスの口は異物の侵入《しんにゅう》を拒《こば》み、小さな口の両端から液体がこぼれ出てしまった。

「あーくそ！　頼む！　飲んでくれ！」

何度も何度も挑戦するが結果は同じ。アリスの口内に液体は入っていかず、こぼれてしまう。

俺はなりふり構っていられず、ポーションを呷《あお》る。

全てを口に含んだ俺は、アリスの薄赤色の唇へ自らの唇で運んでいく。

アリスの口の中へと流し込むが、勿論アリスの体内には入っていかない。

俺はアリスの舌を自らの舌と絡《から》ませ、何とか液体を飲み込ませようと努力する。

(頼むアリス！　飲んでくれ！)

今の俺にはやましい気持ちなど一ミリもない。ただアリスの右腕をくっつけたい一心で行動しているのだ。

アリスの職業は『剣聖』。もし利《き》き腕に後遺症が出てしまったらこの先俺は一生アリスに顔向け出来ない。

俺の願いが通じたのかアリスの喉がゴクリと音を立て、少しずつフルポーションを飲み込んでいく。

アリスが全て飲み込むまで、俺は油断せずアリスと舌を絡ませ合った。

そして飲ませ終わった後、俺はアリスの右腕を触《さわ》り無事にくっついているかを確認する。

「……よかった。ちゃんとついてる」

アリスの暴走は止まり、右腕も無事についている。

だがアリスは一向に目覚《めざ》める気配がない。

俺は胡坐《あぐら》をかき、自分の膝《ひざ》の上にアリスの頭を乗せ、声をかけた。

「アリス、ごめんな。俺がもっと早く気づけていたら」

太陽に照らされ、キラキラと輝く深紅《しんく》の髪に手のひらを置き、アリスの頭をゆっくりと撫でる。

しかし彼女の体は微《かす》かにも動かない。まるで人形のように。

「……早く起きろよ。こんなところで寝てたら風邪《かぜ》ひいちゃうぞ」

土埃《つちぼこり》がついて、少し汚《よご》れてしまった白い頬をペチペチと軽く叩く。

その反動で、アリスの柔《やわ》らかな頬は微かに揺《ゆ》れるが、閉じた瞼は開かない。俺は震《ふる》える声でアリスに語りかける。

「頼むよ……アリス……」

ポツリ、ポツリと俺の両目からこぼれた涙は、アリスの頬を伝《つた》い地面へと落ちていった。

■

私――アリスの耳に、声が届く。

「お誕生日おめでとうございます！」

これは……ヴァルトの声？

私は目を開き顔を上げる。そこには、小さな箱を持ったアレクと幼いヴァルトが立っていた。

どこか恥ずかしそうにしているアレクの表情から、私はこの日のことを思い出す。

(私の八歳の誕生日パーティー)

アレクはその小さな箱を恥ずかしそうに私に渡す。

「アリス、八歳の誕生日おめでとう！　女の子にプレゼントする機会なんて滅多《めった》にないから、何を渡したら良いか分からなかったけど。アリスに似合うと思って……」

「ありがとうアレク！　ねぇ、今開けてもいいかしら？」

幼い頃の私が嬉しそうにはしゃぎ、アレクの返事を待たずにその小さな箱を開けた。

箱の中身を見た私は、少し頬を赤く染めながら満面の笑みを浮かべる。

幼い私が箱からその中身を取り出すのと同じように、私の手には学園のどこかで失《な》くしたはずの、ボロボロのソレが握られていた。

(私の髪に似合うって言ってくれた、白い花の飾りがついた髪留め)

「……綺麗」

「アリスの髪に似合うと思ってさ。高価なものではないけど」

「ううん。高価じゃなくたっていい！　アレクが……私のために選んでくれたなら！　どんなものだって嬉しいわよ！　本当にありがとう！」

「喜んで貰えて良かった。また来年も何か贈るから、期待せずに待っといてくれ」

アレクは笑顔で私に返事をする。でも翌年の誕生日にアレクが来ることはなかった。

その次の年も、その次の年も。

アレクから誕生日プレゼントを貰ったのは、これで最後だった。

私は涙を流しながら髪留めを優しく撫でる。こんなにボロボロになっても、この髪留めがこんなにも愛おしい。

「絶対よ！　私が死ぬまで、毎年プレゼントを贈りなさいよね!!　その代わり……私も死ぬまでアレクにプレゼントを贈るから……！　なんてったって……友達だもの」

「ははは！　分かったよ。アリスが死ぬまでプレゼントを贈る！　約束するよ！」

目の前のアレクの言葉に、私はハッと息を呑んだ。

今年の私の誕生日、アレクは小さな箱を持って扉の前に立っていた。

もしかしたら、あれは私へのプレゼントだったのかもしれない。

そんな考えが頭をよぎる。

もしそうだとしたら、アレクが五年ぶりに私のために用意してくれたプレゼント。

闇の中へと沈《しず》んでいた私の心が静かに浮かび上がってくる。

『そんなわけない。アレクは貴方を裏切った』

誰かの声が聞こえる。

アレクが私を裏切った？　違う。裏切ったのは私の方だ。

『じゃああの手紙は？　アレクが書いたあの手紙。あれは何だって言うの？』

その言葉の後、気がつくと私の手には、しわくちゃになったあの手紙が握られていた。

これはアレクが私に書いた手紙。

『貴方と会いたくない』と書かれた手紙。私はずっとアレクの本心だと思っていた。

でも違った。

「……アレクのお兄様が言ってた。これはアレクのお父様が書いたものだって。それにアレクは私と会いたくないなんて一度も思ったことないって言っていたわ」

自らの手に握られた手紙を見つめながら、姿なき者に向かって反論する。

『嘘かもしれない。どうして信じるの？　根拠も何もないくせに』

確かにこの声の言う通り根拠なんてどこにもない。

ただアレクがそう言っていただけ。でも――

「それで十分よ。五年前に聞くことが出来なかったアレクの言葉を聞けた。それ以外何もいらないじゃない」

私は涙を拭き、手紙をグシャッと握りつぶす。

目の前には黒い霧の塊《かたまり》がうごめいている。でもその奥に微かな光が差し込んでいるのが分かる。

きっとあの光の先にアレクがいる。私には分かる。

『アレクは裏切り者。殺すべき者。忌《い》むべき者』

「黙りなさい。裏切り者は私の方なのよ。だから私は……その罪を償わなきゃいけない」

『私は孤独《こどく》だった。ずっとずっと。凄く辛かった』

「……そう。確かにそうかもね。でもアレクはもっと辛かったのよ。その事実から目を逸らし、逃げて被害者ぶっていたのは……私の方」

私は一歩一歩、光へ向かって歩き始める。黒い霧はさらに大きくなり私を包み込む。

『だったらそんな子をアレクが受け入れるわけない！　貴方は一人になるのよ‼』

声はどんどん大きくなる。私に絶望を与え、再び暗闇に閉じ込めるために。

その言葉に怯《おび》え、微かに体を震わせながら、私は右手の中の髪留めをギュッと握りしめる。

「……そんなの当然よ。そうなっても仕方がないことを私はしたんだから」

たとえ受け入れて貰えなくてもいい。

友達でなくなってもいい。

それでも私はアレクに謝りたい。

謝らなければいけないのだ。

私は覚悟を決め、しっかりと前を見つめた。

「私はラドフォード公爵家が長女、アリス・ラドフォードよ！　『剣聖』としてフェルデア王国の平和を守る者‼　姿なき者よ、さっさとそこをどきなさい！」

私の叫び声により、黒い霧は消えていった。

私は光に向かって走り始める。

この先に何が待ち受けていたとしても、私はそれを受け入れてみせる。

それが私の罰なのだから。

頬に何かが落ちてくる感覚がした。頭の後ろには何か柔らかいもの。

ゆっくりと瞼を開くと、そこには両目から涙を流しているアレクがいた。

「アリス!!」

目が合った瞬間、アレクは私の頭を抱きしめてくれた。

「……アレク」

私も自然に腕を回してアレクに抱きつく。アレクを抱きしめるのはこれが最後だろう。

私は覚悟を決めて重い口を開いた。

「アレク……私……ごめ――」

謝罪の言葉を言いかけるも、途中でアレクの手によって私の口が覆われる。

私は突然のことに驚き、目を見開く。アレクは私の目を見つめ、涙を流しながら頭を左右に振った。

そしてアレクは優しく微笑《ほほえ》みその口を開く。

「久しぶりだな、アリス。元気にしてたか？　随分《ずいぶん》綺麗になったじゃないか」

想像もしていなかった言葉。

何もなかったかのように、あの頃と変わらない優しい笑顔で語りかけてくれるアレク。

私は口元を震わせながら、大粒の涙を流す。

涙が流れ落ちるアレクの頬にそっと手を添え、精一杯の笑顔を作る。

「久し、ぶりね、アレク。貴方こそ、かっこよく、なったんじゃない？」

ちゃんと言えただろうか。伝わっただろうか。

答えは聞かなくても分かる。

太陽に照らされたアレクの笑顔を見れば。

■

「あーあ、壊れちゃった」

とある部屋で水晶を見つめる女が悲しそうに呟く。

水晶には、白髪の少年が赤髪の少女を抱きしめている映像が映し出されていた。

その映像を見つめる女は胸糞《むなくそ》悪そうに舌打ちをする。

「ツチ……友情……愛情……反吐《へど》が出る」

苛立った顔で水晶を見つめていた女は、椅子に座ると、その顔を憎悪《ぞうお》の表情へと変える。

もしこの場に水晶に映し出された男女がいたならば、間違いなく殺されていただろう。

「どうやら実験は失敗のようだな」

後ろから野太い声が聞こえてきた。

突然の声に驚く女だったが、「実験失敗」の言葉に声を荒らげる。

「あのねヴァーラン。失敗とか言うのやめてくれない？　殺すよ？」

ヴァーランと呼ばれた男は、女に睨みつけられ両手をあげ謝罪する。

「すまんな。だが俺からしたら失敗にしか見えないのだが？」

「確かに魔石の回収は失敗したけど……。でも洗脳は成功してたからね！」

女の必死の言い訳にヴァーランはため息をこぼす。

「まぁいい。あの方が報告を待っている。行くぞ」

「はーい！　じゃあ行きますか！」

返事を聞いたヴァーランは黒い渦《うず》を出現させる。

二人はその渦の中へと入っていき、部屋には誰もいなくなった。

二人が現れた先は広い部屋だった。

中央には大きな長机が据《す》えられており、その机を囲むように八つの椅子が置かれている。

そこには六つの人影があり、二人を出迎える。

「遅かったじゃねーか、ネア！　もしかして失敗したのか？　ざまぁねぇなおい!!」

赤髪の鋭《するど》い目つきの男が、部屋に現れた二人に笑いながら声をかける。

「うるさいよグレン！　失敗なんかするわけないだろ！」

ネアと呼ばれた女は馬鹿にされたのが腹に立ったのか、グレンという名の男に食ってかかる。

グレンはそれを鼻であしらい、両足を机の上にドカッと乗っける。

「まぁまぁ、落ち着きましょう。お帰りなさいヴァーラン。ご苦労だったわね」

銀色の長い髪をなびかせ、二人の口喧嘩を仲裁《ちゅうさい》する女性。

妖艶《ようえん》な体つきをしたその女性はヴァーランに声をかけ、彼を労《ねぎら》った。

「別に苦労はしていない。お前と違って素直だからな。リディアナ」

「あらそう。それなら良かったわ」

「……うるさいなぁ」

リディアナとヴァーランが互いの腹を探るような会話をしていると、リディアナの隣で眠っていた女の子が目を覚ます。どうやら眠りを妨《さまた》げられて苛立っているようだ。

「ごめんなさいねフラン。ヴァーランがいけないのよ。それとグレン」

「なんだとてめぇ!!　俺は何にもしてねーじゃねーか!!」

「その大声がうるさいのよ。少しは知恵をつけなさい、おサルさん」

再び始まった喧嘩をよそに、フランは自分の反対側に座っている巨体の男の所へトコトコと歩いていく。

その間もリディアナとグレンとネアは口論をしている。

フランは巨体の男の膝によじ登ると、彼が食べていたお菓子を一つ取って食べ始めた。

「ねぇフラン。それ僕のお菓子なんだけど」

「メイルは食べすぎ。……眠い……」

フランはお菓子を一口食べると、メイルの膝の上でまた寝息を立て始めた。

メイルは仕方なくフランを片手で抱きかかえ、もう一方の手でお菓子を口に運ぶ。

しかしフランが眠りについたその瞬間、隣から聞こえた怒鳴り声によりフランは再び目を覚ます。

「いい加減にしろ貴様ら!! 何のためにここに来たと思っている!! ネアにヴァーラン! さっさと報告しないか!!」

喧嘩をしていた四人は怒られたことに一瞬驚いたものの、すぐに静かになり、グレンとリディアナは自分の席に着く。

「ありがとうエギルバ。みんな喧嘩はダメだよ? 仲良くしなきゃ」

この部屋の一番奥。最も豪華な装飾が施された椅子に座る男が、穏《おだ》やかな声で注意する。

「ただいま戻りました。セツナ様」

ヴァーランは片膝をつき、席に座る男に挨拶をする。

「ありがとうヴァーラン。久しぶりだね、ネア。実験の結果はどうだい？」

男はヴァーランにお礼を言うと、ネアに声をかけた。

「お久しぶりでございますセツナ様。実験はまずまず……といったところです。洗脳は成功しましたが、魔石の回収は失敗に終わりました。ですがもう一つの方は順調に進んでおります」

ネアは頭を下げながら、先程までヴァーランに話していたことと同じ話をする。

それを聞いたセツナは穏やかな表情でネアを褒《ほ》めたたえた。

「流石ネアだね。魔石についてはそんなに急いでないから気にしなくてもいい。でももう一つの方は予定通り頼むよ。ヴァーランも計画通り進めるように」

「「はい」」

セツナに褒められたネアは上機嫌になり表情を崩す。

一方、ヴァーランは冷静な態度になり、ネアの腕を掴んで立ち上がる。

「それではセツナ様。我々は持ち場に戻ります」

「うん。頑張ってね」

にこやかに微笑むセツナに背を向け、二人は再び黒い渦の中へと消えていく。

この世界の終焉《しゅうえん》に向けた秒針は、緩《ゆる》やかに進んでいた。

■

アリスの洗脳を解いたあの日、俺達は暫く見つめ合った後、急に恥ずかしくなり、互いに距離を取った。

何を話していいかも分からず、お互いもじもじしていたのだが、少しするとアリスは立ち上がり、全速力で演習場から出ていってしまった。

そして翌日、俺が学園へ向かうために寮を出ると、ダンディな執事《しつじ》さんが立っており、俺を見つけるとスタスタと近寄ってきた。

「アレク様でお間違いないでしょうか？」

「え？　ええ。俺がアレクですけど」

声をかけられ戸惑っていると、執事さんが手紙を取り出して渡してきた。

「こちら、アリスお嬢様からの文《ふみ》になります。どうぞお読みくださいませ」

「アリスから？　ありがとうございます……」

手紙を渡された俺の心に不安がよぎる。

俺の父がアリスに偽の手紙を出したと聞いたのが昨日なのだ。何かあると思ってしまっても仕方がないだろう。

俺は深呼吸し、手紙の封を開けていく。

『アレクへ　昨日はありがとう。それと……ごめんなさい。話したいことが山程あるんだけど、今日は貴方に会えそうにない。嫌いになったんじゃないのよ？　でもその……気持ちの整理をしたいの。だから明日の朝、学園の入り口に迎えに来てくれるかしら。明日までには気持ちの整理をつけるから。ごめんなさい。　アリス・ラドフォード』

手紙を読んだ俺は、ホッと胸を撫で下ろした。

昨日の口移しの件を怒っているのかと思ったのだが、どうやらアリスは俺に怒っているのではなく気持ちの整理をしたいようだった。

よくよく考えればアリスは気絶《きぜつ》していたし、口移しのことは記憶に残っていないだろう。それにアリスの意識があったのかが分からない以上、俺からこの件に関して口に出すのはやめておこう。

俺は手紙を収納袋へとしまうと、執事さんにお礼を言って学園に向かった。

翌日、俺は学園の門の前でアリスが来るのを待っている。

鳥がさえずり、朝を告げる。時刻は朝の八時三十分。

何度か他の生徒達が門を通過していったが、そのたびにチラチラ見られてなんだか恥ずかしい。

程なくして馬車が走ってくる音が聞こえてきた。

俺は姿勢を正《ただ》し、制服の乱れを直す。

馬車が俺の目前で停止すると扉が開き、中からアリスが降りてきた。その髪は後ろで一つに縛られている。白い花のボロボロの髪留めによって。

「……おはようアレク」

馬車から降りたアリスは頬を赤く染めながら、朝の挨拶をしてきた。

俺はその態度に少し頬を緩ませ、微笑みながらアリスに挨拶を返す。

「おはようアリス。これからどうする？　ハイデリッヒ先生の所に行ってパーティー申請するか？」

昨日のことを話に出さないように、俺は素早く切り出した。

嫌な思い出を振り返ることは大切かもしれないが、今すべきことではないだろう。

そのため、既にアリスとパーティーを組む気満々だった俺は、すぐにハイデリッヒ先生の所へ向かおうと提案する。

それを聞いたアリスは俺から目線を逸らし、表情を暗くしてしまう。

「アレクが私とパーティーを組んでくれるというのなら、喜んで先生の所へ行くわ。でも……その前にやらなきゃいけないことがあるの。それが済んでからでもいいかしら？」

「全然いいぞ！　俺はアリスとパーティーを組みたいと思ってる！　だからアリスの用事が終わったら先生の所へ行こう！」

俺がアリスに笑顔で返すと、アリスも少しだけ表情を明るくし頷いてくれた。

話が終わると、俺達は横に並んで、ゆっくりと学園に向かって歩き始める。

隣を歩くアリスは少し嬉しそうな顔をしていた。

「それでまずはどこに行くんだ？」

「……食堂よ。そこで彼女達が待っているはず」

彼女達？　俺は頭上に疑問符《ぎもんふ》を浮かべながら、アリスと共に食堂へと向かった。

食堂に着いたアリスは扉の前でうつむき、心臓に手のひらを当てた。

そして一呼吸すると扉を勢いよく開けて中へと入っていく。

俺はアリスの後ろをついていく。アリスが向かう先には、四人の女の子達が席に座って会話を弾ませていた。

（アリスの元パーティーメンバーか）

多分アリスは謝罪しに来たのだろう。ヴァルトの話だと、一方的にパーティーを抜けたみたいだし。

俺とパーティーを組むためには、彼女達に謝罪し非礼《ひれい》を詫《わ》びるのが筋《すじ》ってもんだ。

「待たせてしまってごめんなさい」

アリスが四人に声をかけると、全員が一斉にアリスの顔を見る。そしてすぐにクスクスと笑い始めた。

「待っていませんよ、アリス様。それで私達を呼び出して何の用ですか？」

ひとしきり笑うと四人のうちの一人がアリスに答えた。なんでアリスが話しかけただけで笑うのだろうか。

「貴方達に謝罪に来たの。私は……一方的にパーティーを抜けただけでなく、貴方達に罵声を浴びせてしまった。貴方達の心を傷つけてしまった。……本当にごめんなさい」

アリスは深々と頭を下げる。

アリスの心からの謝罪なんて、初めて見たかもしれない。アリスも大人になったんだな。

しかし、アリスの真剣な謝罪に対して、彼女達はまたしてもクスクスと笑っている。

少しムカッとしたが、俺の出る幕ではないため様子を見ることに徹していた。

「全然いいですよ！　ね、みんな！」

「そうそう！　寧ろアリス様の邪魔《じゃま》にならないで済んでホッとしてますよ！」

「私達も四人になって連携取れるようになりましたし！」

「プッ、それ言っちゃダメでしょ！」

彼女達は嫌味《いやみ》たらしく喋り始め、最後には小声で笑い合っていた。

頭を下げているアリスは唇を噛みしめ、震える体を必死に抑えていた。

申し訳ないという気持ちと、馬鹿にされたことへの腹立たしさからだろう。

俺はアリスの肩を叩き、彼女達にアリスとパーティーを組むことになったと告げた。

「君達は気にしないと思うけど、アリスは俺とパーティーを組むことになったから。それだけ言いに来たんだ。アリス、先生の所へ行こう」

俺はいまだに頭を下げているアリスの手を握り、食堂の入り口に向かって歩き始める。

アリスも俺に手を引っ張られたことにより、顔をあげ一緒に歩き始める。

後ろからは彼女達の笑い声と、「可哀想に」「ざまあみろ」という言葉が聞こえてきた。

食堂を出た俺達は教員室へと向かう。

アリスは彼女達の態度の変わりように落ち込んでいた。俺は一言だけ声をかける。

「ちゃんと謝れたな」

「……うん」

アリスは俺の言葉に頷き、俺の手をギュッと握り返した。

教員室に着いた俺達は早速ハイデリッヒ先生を探す。

背伸びをして中を見渡しているとハイデリッヒ先生の姿を見つけた。

俺達は二人一緒に、先生の所へ歩いていく。

「おはようございますハイデリッヒ先生。朝早くに申し訳ないのですが、パーティー申請に来ました！」

「あぁおは……よう。お前達はあれか？　朝から手を繋いで教員室に来る趣味があったのか？」

「「え？　……うわぁ!!」」

ハイデリッヒ先生に言われるまで、手を繋いでいたことをすっかり忘れていた俺達は慌《あわ》てて手を放す。

その様子を見てハイデリッヒ先生はため息をこぼした後、俺達の顔を交互に見始めた。

「アレクに……ラドフォードか」

先生は俺達の顔をひとしきり見た後で椅子から立ち上がり、「ついてこい」と言って別室に向かって歩き始めた。

アリスは不思議そうな顔をしていたが、俺は別室でパーティー申請を行うと思ったため何も気にせずついていく。

部屋の中には簡易《かんい》椅子と机があるだけで、これと言って何かあるわけではなかった。

「そこに座れ」

ハイデリッヒ先生に言われた通り椅子に座ると、先生はおもむろに収納袋を出し、中から魔石を取り出した。

その魔石を机の上に置くと、先生は向かいの椅子へと座り話し始めた。

「さて、お前達のパーティー申請についてだが先に結論を言っておこう。お前達がパーティーを組むことは出来ない」

先生の口から出た予想外の言葉に俺達は固まった。

「な、なぜですか？　何が問題だっていうんですか！」

「パーティーを組むこと自体は問題ない。問題があるのはラドフォードだ。ラドフォードには不正疑惑《ぎわく》がかかっている。他人が討伐した魔石を使用し、自分の評価を上げようとしたこと。また不正にダンジョンを攻略した疑いもかかっている。さらにはクラスメイトに暴力を振るったという話も出ている。ラドフォード、何か弁解はあるか？」

アリスは先生の言葉を聞いて、顔面蒼白《がんめんそうはく》になる。

きっとアリスの元パーティーメンバーがあることないこと言ったのだろう。

俺はそう思っていたが、アリスの口から出た言葉により俺は声を失ってしまった。

「……他人の魔石を、自分の評価をあげるために利用したのは事実です。ですが不正にダンジョンを攻略してはいません！　それにクラスメイトに暴力なんて振るっていません！」

「そうか。このゴブリンジェネラルの魔石について嘘をついたことは認めるんだな」

「……はい」

「そうか……君の言い分は分かった。だがアレク、お前には申し訳ないがラドフォードとパーティーを組むことは諦めてくれ」

先生は真面目な顔で俺を見つめ、その後アリスを睨みつけながら驚きの言葉を口にした。

「アリス・ラドフォード。今日をもって君をウォーレン学園より退学とする」

「な!!」

俺は目を見開きアリスはうつむいてしまった。

「ちょっと待ってください‼　いくら何でも酷すぎませんか？」

俺は椅子から立ち上がりハイデリッヒ先生に食ってかかる。

しかし先生は表情を変えることなく、淡々《たんたん》とアリスの退学理由を説明し始めた。

「残念ながら適切な判断だ。そもそも、この学園は、貴族だからといって優遇《ゆうぐう》することを禁止している。いくら我が国の公爵家令嬢であろうと、不正を行った事実には変わりない。そういった行為を一度見逃せばこの学園の信用問題にかかわる」

「ッ……アリスが不正を行ったのには理由があります」

俺は収納袋から、先日破壊した「闇のネックレス（洗脳）」を取り出し、机の上へ置く。

もはや跡形《あとかた》もなくなっており、魔石の破片《はへん》が少しと紐《ひも》の部分が残っているだけだ。

「……これは何だ？」

「これは洗脳の効果があるネックレスです。アリスはこのネックレスを何者かによって身につけさせられていたため、自分の意思に反する行動を取っていました。不正行為もその一部です」

俺の話を聞いたハイデリッヒ先生は、ネックレスの残骸を手に取り、隅々《すみずみ》まで観察した。

アリスも俺の話を聞いてうつむいていた顔をあげ、驚いた表情をしている。

なぜ俺がそのネックレスのことを知っているのかと思っているのだろう。

俺はこのネックレスをアリスがどこで手に入れたのかなんて知らない。

だが、洗脳された結果、起こしてしまった行動なら、情状酌量《じょうじょうしゃくりょう》の余地《よち》があるはずだ。

寧ろこの学園の中でネックレスを入手したとなれば、学園の信用問題になる。

「その話を私に信じろと？　第一、これが洗脳の効果があるネックレスだという根拠は？　それにネックレスが本物だったとして、ラドフォードが使用していたという証拠はどこにある」

「これが洗脳のネックレスであるかどうかは、『鑑定』で調《しら》べればすぐに分かるはずです！　アリスが使用したという証拠は元パーティーメンバーに確認すれば済みます！」

俺は喋るのをやめてアリスの顔を見た。

アリスは少し不安そうな顔をした後、ゆっくりと語り始めた。

「このネックレスは……ジョーという名の商人の男から購入しました。場所はこの学園内です。『倒した敵の経験値が多く入る』と誘惑され……金貨一枚で購入しました」

話し終えると罪悪感からかアリスは悄然《しょうぜん》とし、肩を落とした。

ハイデリッヒ先生は、学園の中で入手したと聞いた途端《とたん》、目を大きく見開く。

俺は話を続ける。

「『真偽の水晶』をここに持ってきて頂ければ真実が分かるはずです。それに、もしアリスの話が事実なのであれば、問題があるのは学園の方なのではないですか？　学園内に不《ふ》審者《しんしゃ》の侵入を許し、加えて我が国の公爵家令嬢を『洗脳』の被害に遭わせてしまった。……

どう責任を取るんですかね？」

完全に立場が変わり、先生の顔は青ざめていた。

もし洗脳にかかったのがアリスでなければ、さほど問題にはならなかったかもしれない。

しかし、『我が国の公爵家令嬢』が『この学園内』で『洗脳』の被害に遭ったのだ。

誰がどう見ても、学園側が責任を取るべきなのかは明らかだろう。

「……学園の責任どうこうの話ではない。これは大問題だぞ!! 無差別で狙われたならまだしも、故意にラドフォードを狙ったとなれば……。今回の件はすぐに学園長に報告する！ お前達には追って連絡することになるが、不正の件は不問になるだろう」

ハイデリッヒ先生はそう言うと、急いで椅子から立ち上がり、一度放り投げたネックレスの残骸を拾い直し、布にくるんで収納袋へとしまう。

俺はアリスの退学が不問になると聞いて、胸を撫で下ろした。

「このネックレスは、私が責任を持って学園長に提出する。ラドフォードは安全が確認されるまで一人での行動を避けてくれ。信頼出来る人間と常に行動を共にするように。パーティー申請の件だが……一時的に許可しておく。リーダーはアレクでいいな？」

「はい！ ありがとうございます！」

「今回の件は、学園から公表されるまで他の者には喋らないように。無駄に騒ぎ立てられても困るからな。ただ、学園内に不審人物がいたことは直《ただ》ちに公表する。どんな容姿か覚えているか？　ラドフォード」

退学を免《まぬが》れたアリスは少し安心したのか、丸くなっていた背中を少し元に戻して息を吐いた。

そして過去の記憶を探るために暫《しば》し目を閉じ、先生の質問に答える。

「容姿は……初めは黒いフードを被っていました。フードを取った顔は、茶色の髪に薄い黒色の瞳、種族は人間だったはずです。……ネックレスをつけた時からの記憶が曖昧《あいまい》なんです。本当にすみませんでした」

一通り答えた後、アリスはもう一度深く頭を下げた。

「よし分かった。だが洗脳されていたことを考えると、その容姿も本当かどうかも分からない。お前達も怪しいと思ったら身分を確認することを忘れるな」

そう言うと、先生は部屋の扉を開けて俺達に外へ出るように促《うなが》す。

「今日は帰っていいぞ。不正の件はあくまで仮の処置だからな。正式には追って連絡することになる。ダンジョン受付にある、学内の掲示板を見れば分かるからな。確認は怠《おこた》るなよ」

そう言って先生は別室を出て行ってしまった。

俺達も別室を後にする。左腕にはめた時計を確認すると時刻は既に十一時半を回っていた。

「アレク……ありがとう」

廊下を歩きながらぽつりとアリスが呟く。

「ん？　気にすることないぞ。洗脳されていたのは確かなんだから」

「うん。……でもなんで、さっきのネックレスに洗脳の効果があるって分かったの？　私は経験値を増加させる効果だって思っていたのに」

アリスは疑問に思ったのか、不安げな表情で俺の目を見つめて問いかけてきた。

（『鑑定』スキルで見たからだよ、って言えればいいんだけどな）

『収納』『鑑定』『言語理解』の三つは、アルテナからサービスで貰ったスキルだ。存在自体がレアな可能性が高い。

となると、安易にそのスキルを所有していることを、他人に話さない方がいいのではないか。

たとえアリスであっても、うっかり口を滑らせてしまう可能性がある。

（間違いなくヴァルトには言えないな。あいつは多分ニコに話すだろうし）

俺がどう答えるか考えている間、アリスは俺の返事をじっと待っていた。

（やっと仲直り出来たのに、ここで俺が嘘をついてしまったら元も子もないか）

アリスならきっと黙っていてくれるだろうと信じて、本当のことを話すことにした。

「それは俺が『鑑定』スキルを持ってるからだよ。使えば対象の効果とかが分かるんだ。人間だったらステータスとかな」

俺の返事を聞いたアリスは「ん？」という顔をしている。どうやら俺が言っていることが分かっていないみたいだ。

「要するに、アリスを『鑑定』すると、アリスの持っているスキルや攻撃力とかが分かるんだよ」

「……そんなスキル聞いたことないわ」

やはりアリスは『鑑定』スキルの存在を知らなかった。俺の推測が多分正しいのだろう。

「多分珍《めずら》しいスキルなんだ。持っていることがバレたら厄介だから他言しないでくれ」

「分かったわ。……無理に聞いてごめんなさい」

アリスは俺に言いづらいことを聞いてしまったと思ったのか、悲しい表情になりうつむいてしまった。

昔のアリスはもっと元気なイメージがあった。

今のアリスも可愛げはあるが、アリスの魅力的《みりょくてき》なところは笑った時に少し細くなる目なんだよ。だから俺はアリスには笑っていて欲しい。

「アリス。今までのことを水に流すなんてのは無理かもしれない。だからってそれに負い目を感じて、下を向くのはやめにしないか？　原因を作った俺が言うのもなんだが……俺はアリスの笑った顔が好きなんだ。だから俺の隣で笑っててくれよ」

「……」

アリスは俺の言葉を聞いて無言になった。

そして、下を向いて立ち止まる。その耳は真っ赤に染まっていた。

やがてゆっくりと顔を上げると、可愛らしい顔は茹《ゆ》でたタコのように真っ赤になっていた。

「分かったわよ。アレクがそう言うのなら下を向くのはやめにする。今日からは昔のようにいくからね!!」

俺の顔を指さすアリス。

どこか懐かしさを感じるその態度に、俺は思わず笑ってしまう。

アリスは俺が笑ったのを見ると指を下ろし、俺と並んで再び歩き始めた。

俺達は一緒に食堂へと歩いていく。

「……と」

隣を歩くアリスから、ぼそぼそと小さな声が聞こえた。

アリスは聞こえないように言ったつもりだったのか、俺がいるのとは逆の方を向いて呟いた。

俺にはしっかりと聞こえていたが。

「助けてくれてありがと」

アリスの口から出た、俺への感謝の言葉。

俺は一言こう答える。

「友達だからな」

顔を合わさず交わしたやり取り。これだけで今は十分だ。

食堂に着いた俺達は、食事を購入して、席を探すために周囲を見回す。

まだお昼の時間には早いため空席《くうせき》が多く見られた。

俺は一番窓側の席を指さし、アリスに声をかける。

「あそこの席に座ろう」

アリスは俺の声に頷き後ろからついてくる。

向かい合わせで座った俺達は、今後の予定について話し始めた。

「とりあえず今日はダンジョンに行くのはやめよう。色々と準備もあるし。俺はアリスを送ってから市場に向かって買い物して帰るよ。それで明日は朝からダンジョンに行こう」

「分かったわ。……悪いわね送って貰うなんて」

「気にすることないさ。ハイデリッヒ先生が言っていた通り、今アリスが一人で行動するのは良くない。ダンジョンの中にいればその点は安全かもしれないけど、モンスターはいるしな！」

落ち込んだ表情を見せるアリスに、俺は昔のように声をかける。

自分が犯《おか》してしまった罪は消せないし、背負《せお》っていかなければいけないけれど、アリスが犯した罪は軽いものだ。

これから誠実《せいじつ》に行動していけば、自然とアリスの気持ちも晴れていくだろう。

俺達はそれぞれ、購入した食事を食べ始める。

するとそこに、ヴァルトとニコがやってきた。

「隣に座らせて貰うぞ」

「……ヴァルト」

ヴァルトは俺とアリスの顔を交互に見ると、安堵《あんど》の表情を見せた。そしてゆっくりと口を開く。

「あえてこう言わせて貰うとしよう。……久しぶりだな」

「……そうだな。久しぶりだなヴァルト」

「……そうね。久しぶりねヴァルト」

俺達は互いに見つめ合い、フフッと笑い合った。

この学園に入学し、アリスと再会して色々なことがあった。もう昔のような関係には戻れない、そう思っていた。

でもコイツのおかげで、俺達三人は再びこうやって笑い合うことが出来た。

「ありがとな、ヴァルト」

俺は心からの感謝をヴァルトに送る。

ヴァルトは照れ臭そうに鼻で笑い、食事を食べ始めた。

だがしかし、全てがうまくいったわけではない。それは許すことが出来ない。

エリック兄さんは俺とアリスを騙していた。

「そういえばヴァルト。兄さんはどうなった」

俺はヴァルトの方を見ることなく、目の前にある食事を見つめながら問いかける。

俺があの日、あの部屋を飛び出した後何が起きたのか、俺は聞きたかった。

ヴァルトは食事を口に運んでいた手を止め、俺に答える。

「……どうもしていない。あの男は言葉通り覚悟していた。自分の首が斬られることを」

ヴァルトの言葉に俺は安心してしまった。

兄さんが死んでいないことが嬉しかったのかもしれない。

その半面、なぜあんなことをしたのかという悲しい気持ちが俺の心を襲う。

それに、自分の首が斬られることを覚悟していたということは、死んでもいいと思っていたことになる。ヴァルトの思い過ごしかもしれないが。

「エリック殿は後悔していたのかもしれない。アリス様に偽の手紙を送り、二人の関係を壊したことを。……許してやれとは言わん。寧ろ罰せられる程の罪だ。公爵家令嬢を騙したのだからな。下手をすれば、カールストン家全員が処罰されるものだろう。だがエリック殿の気持ちも理解して欲しい。彼は必死だったのだろう。カールストン家で自分の地位を確かなものにするために」

「……分かってるよ」

兄さんがやったことは確かに酷い行為だ。

でも、父に命令され、仕方なくやったのかもしれない。

少なくとも、幼い頃の俺に魔法を見せてくれた兄は、こんな卑劣《ひれつ》な行為をする人間ではなかった。

だからと言って、簡単に許すことは出来ない。今兄さんの顔を見れば、間違いなく拳を振るってしまうだろう。

俺がヴァルトにそう答え、三人は再び食事を始める。

少し重苦しい雰囲気が、俺達の会話を止めてしまう。

「おやおや、こんなところで最後の昼食かい？」

俺達が暗い雰囲気に包まれている中、背後から声がかかる。

俺達は顔をあげ声がした方へと顔を向ける。

どこか見覚えのある男子と取り巻きが立っており、俺達をニヤニヤしながら見ていた。

「最後の昼食とはどういうことだ、デイル殿」

ヴァルトが集団の中心にいる男の子に尋《たず》ねる。

そこで俺は、ようやく男の子の名前を思い出した。

デイル・アーデンバーグ。魔法学の講義の後、俺を不正者扱《あつか》いして大笑いしていった子だ。

「その言葉通りの意味ですよ、ヴァルト殿。不正にダンジョンを攻略した者がこの学園にいられると思いますか？　そこにいる彼とアリス様は退学になるんですよ。だから最後の昼食と言ったんです」

デイルはニヤニヤしながら俺の顔を見ている。

アリスと俺は不正にダンジョンを攻略してなどいないが、なぜこいつが退学の件を知っているんだ。

「不正？　ニコ、不正とはなんだ」

ヴァルトは不正の意味が分からなかったようで、ニコへ尋ねる。

先程までの凛々《りり》しいヴァルトはどこにいってしまったんだ。もはやその面影《おもかげ》はどこにも見当たらない。

「理解しやすく言えば、正しくない行いということです。たとえて言うならば、ヴァルト様が学科試験において答えを手元に置き、試験を受けるようなことです」

「なんだと！　そんなことをしたのかアレク！」

ヴァルトは両手で机を叩き、勢いよく椅子から立ち上がり、怒鳴り声をあげた。

周囲の注目が俺達へと集まり始める。

「してない。逆に聞きたいんだが、俺達はどんな不正をしたことになっているんだ？」

俺はデイルに聞き返す。どこでそんな誤解が生まれたのか気になったからだ。

するとデイルは困った表情になり言葉を詰まらせる。

「なっ……それはだな……」

「どんなことをしたのかも分からないのに不正と決めつけているのか？　言いがかりにも程があるぞ」

「貴様が不正をしたのは事実だろう！　学園中がそう言っている！　そのうち教師から通達が来るはずだ！」

「それなら今日ハイデリッヒ先生の所に行ってきた。俺もアリスも退学にはならないそうだ」

「なんだと!!　あの教師め……」

会話の内容から察するに、ハイデリッヒ先生の所に俺とアリスが不正にダンジョンを攻略したと報告しに行ったのはデイルみたいだな。

俺がデイルより魔法の扱いに長《た》けているのが気に食わなかったのだろう。

すると俺が無視していたヴァルトが再び声をあげた。

「よく考えれば、我が学園にあるダンジョンは勇者ウォーレンが作り上げたものだよな？　そのダンジョンで不正を働くことが果たして出来るのか？　そもそもダンジョン攻略でする不正が私には思いつかん。人手を増やすか、ダンジョンボスを倒さずにクリアするか……。

うーむ」

　ヴァルトの言葉に周囲も同じ反応を示す。

「そうだよな。逆にどうやって不正したのか知りたいぜ」

「勇者ウォーレンが作ったダンジョンで、どうやって不正を働くんだよ」

　不正について疑問に思う周囲の反応は次第に大きくなる。

　初めはニヤニヤしていたデイルだったが、今では額から汗を流しキョロキョロし始めている。

　もはや学園中が同じ意見ではなくなってしまったようだ。

「クソッ！　覚えとけよ貴様ら！！！」

　デイルは小悪党の決め台詞《ゼリフ》を残して、食堂から逃げるように去っていく。

　取り巻き達も急いで、その後を追っていった。

「……ごめんなさい。何も言い返せなくて」

　アリスは悲しそうに呟く。

「記憶がないんだ。仕方ない」

　俺はアリスの方へと向き直り返事をする。

「そうですよアリス様。貴方には記憶がないんですから」

　ヴァルトもうんうんと頷きながら、笑顔で追随《ついずい》したが……。

「……記憶がないだって！！！！」

（やべ）

この後俺は、アリスの記憶がないことをヴァルトに知られてしまったため、何とか洗脳のことを隠しながら説明をした。

この時ばかりは、ヴァルトが単純で良かったと心から思った。


三人でご飯を食べた日の翌日、俺とアリスはFランクダンジョンの受付へとやってきた。

ここへ来る途中にあった掲示板には、既に「不審人物に注意」の張り紙が張られていた。

どうやらハイデリッヒ先生が迅速《じんそく》な対応をしてくれたらしい。

「ごめんなさい。私のわがままに付き合わせてしまって」

「俺も、パーティーを組んだら、もう一度Fランクダンジョンを攻略したいと思っていたから大丈夫だ。アリスのわがままに付き合っているわけじゃない」

昨日の帰り道、アリスは俺にFランクダンジョンを攻略したいと言ってきた。記憶が曖昧なまま攻略したところで何の意味もない。ちゃんと自分の実力で攻略したいと。

俺としても、初めてパーティーを組んで戦闘を行うのだから余裕があった方がいいと思い、アリスの願いを承諾《しょうだく》した。

受付を無事に済ませると、ボードに俺達の名前が表示される。

一人で受付した時と違うのは俺とアリスの名前が同じ枠内《わくない》に並んでいることだ。これを見るとやっと、パーティーを組むことが出来た実感がわいてくる。

「よし！　行くかアリス！」

「ええ！」

俺達二人はFランクダンジョン入り口へと向かい、階段をゆっくりと下っていった。

「さて、戦闘する前に、昨日話したことを確認しよう」

ダンジョン内に入った俺達は、歩きながら会話を続ける。

昨日はアリスを馬車まで送る間、戦闘について話したのだ。

「そうね。まずは私が前衛《ぜんえい》を担当してアレクが後衛《こうえい》を担当する」

「そうだ。俺が魔法でカバーするから、アリスは攻撃に集中して欲しい。接敵《せってき》時はどの敵にどの魔法を放つかアリスに教えるから。それから行動を開始してくれ」

「分かったわ」

「もし危《あぶ》ないと判断したら退いて欲しい。それと、俺が後方から戦況《せんきょう》を把握して声をかけるから、俺の声を聞き逃さないようにしてくれ」

「了解よ。アレクの魔力をなるべく温存出来るよう、私、頑張るから」

会話をやめると、俺は『探知』スキルを発動させ、周囲の状況を確認する。

やはり入学してから時間が経過しているため、ダンジョン入り口周辺は人が多い。

この辺りはモンスターも見当たらないし、下の階に行った方が良さそうだ。

下へ進もうと提案した際、あることを思い出し、アリスに質問を投げかける。

「アリスはマッピングは終わらせてるのか？」

「一応ね。汚《きたな》いから見ないで欲しいけど……」

アリスは少し照れた表情で収納袋から地図を取り出す。そこにはFランクダンジョンの地図が丁寧に描かれていた。

「綺麗に描けてるな。これなら迷わなさそうだ」

俺は自分の収納袋から一枚の地図を取り出し、アリスの地図の隣へと並べる。アリスは俺が取り出した地図を見た後、少し驚いた顔を見せた。

「この地図……アレクが描いたの？」

「いや、誰が描いたか分からないんだ。俺の寮の扉に挟まっていてさ。アリスがくれたものかもしれないと思って見せたんだけど」

「私こんなの知らないわよ。それにアレクの部屋だって知らないもの」

アリスはそう言うと、自分の地図をしまう。

俺も取り出した地図をしまい、今度は自分の書いた地図を取り出して、それを見ながら歩き始める。

それにしても、一体誰がこの地図をくれたのだろうか。気になって仕方がない。

隣を歩くアリスも顎に手を当てて、何か思い出すような仕草《しぐさ》をしていた。

「さっきの字、どこかで見たことあるんだけど……忘れちゃった」

結局答えは出ず、俺とアリスはダンジョンの奥へ潜《もぐ》っていった。

地下二階に辿り着いた俺達は戦闘に備え剣を構える。

一か月前までこの階に降りてきていたのは俺だけだったが、今ではこの階に到達している生徒もちらほらいた。

「よし！　この階で実戦練習をしよう！」

「分かったわ。……不謹慎《ふきんしん》かもしれないけどちょっと楽しみなの」

「ははは！　俺もだよ！」

俺達は周囲に気を配りながら、道を進んでいく。

アリスにはまだ俺の『解体』スキルの話はしていない。そのため『探知』スキルを持っていることは内緒にしてある。

別にアリスを信頼していないとかそういうわけではない。

『鑑定』スキルを所持していることを話した時、アリスはかなり驚いていた。そんなアリスに『解体』スキルのことを話せば、どうなるか分かったもんじゃない。

焦る必要はないのだから、ゆっくりと『解体』スキルについて教えていけばいい。

アリスに契約して貰えれば効率も上がるし、アリスも強くなるし、一石二鳥《いっせきにちょう》だ。

「来るわ」

アリスが目の前の道を睨みつけ、剣を抜いた。

俺も右手に剣を構えて、いつでも戦闘を行えるようにする。

暫くしてゴブリンの集団が歩いてきた。全部で四体、二体ずつ並んで歩いてくる。

「アリスはそのまま接近してくれ！　俺は前方の二体に『火矢《ファイヤーアロー》』を放つ。それで二体を倒せたらアリスはそのまま後方の敵へ向かってくれ！　倒せなかったら前方の敵をアリスが、後方の敵を俺が足止めする！」

「了解！」

「よし……いくぞ！　『火矢《ファイヤーアロー》』!!」

俺が魔法を放った瞬間、アリスが勢いよくゴブリンに向かって飛び出す。

それでも俺の魔法の方が早くゴブリンに着弾する。

アリスは、俺の魔法によりこと切れたゴブリンを踏み台にして、勢いを落とすことなくジャンプする。

そして後方にいたゴブリンの背後に着地しながら、一匹のゴブリン目掛けて剣を振るった。

そうしてゴブリンを真っ二つにした後、すぐさまもう一匹のゴブリンの後頭部目掛けて剣を突き刺す。

時間にして僅か三秒。俺達の初戦闘はあっけなく幕を閉じた。

アリスは剣を鞘にしまうと、何かを待つかのようにその場で棒立ちになってしまった。

「何やってるんだ？」

俺はアリスの行動を不思議に思い、アリスに尋ねる。

するとアリスも、なぜそんなことを聞くのかという表情になり、首を傾げながら俺の問いに答えた。

「何って、ゴブリンが粒子になるのを待ってるんじゃない。そうしないと魔石は取れないでしょ？」

（そうだった！　いつも『解体』を使ってるからモンスターの死体が粒子になることをすっかり忘れてた）

俺は動揺《どうよう》しているのがバレないようになるべく自然に振る舞う。

「そうだよな。すまん」

暫くすると、ゴブリンの死体は粒子となり魔石だけが残った。

アリスと俺はお互いに倒したゴブリンの魔石を拾い、収納袋にしまっていく。

魔石を拾い終わったアリスが、「そういえば」と俺に話しかけてきた。

「アレクはなぜ杖を使わないの？　普通、魔法を使う人達は杖を持っているものよ？」

「あー杖か。なんでか分からないけど、俺の魔法には杖は必要ないんだよ」

「そうなの。なんか凄いわね」

「凄いのか？　まぁ杖がなくても魔法を放てるから戦闘では有利だよな」

会話が終わり、俺が魔石を拾って立ち上がるのを確認したアリスはゆっくりとダンジョンの奥へと歩き始める。

俺もすぐにその隣に走っていき、同じ速度で歩を進めた。

「……楽しいな」

心の声がポロッと漏《も》れる。その言葉にアリスも賛同してくれた。

「そうね」

待ちに待った戦闘はたったの三秒で終わってしまったが、俺達の心は心地《ここち》よい空気に包まれていた。


アリスとダンジョン攻略を開始した四日目の朝。

俺とアリスはハイデリッヒ先生と共に、ある場所へと向かっていた。

アリスとのダンジョン攻略は快適そのもので、傷を負うこともなくスムーズに戦闘をこなせた。多分、次の挑戦でFランクダンジョンは攻略出来るだろう。

ダンジョンに入ってから三日目の夕方に、無事にダンジョンから出てきた俺達は、掲示板の張り紙に目を通し現在に至っている。

アリスの処遇《しょぐう》とネックレスの件について、学園長から話があるとのことだった。

「ここだ」

ハイデリッヒ先生は扉の前で歩みを止め、軽くノックする。

すると中から、しわがれた声で返事があった。

「入れ」

ハイデリッヒ先生は扉を開けて中へ入っていく。

俺達も「失礼します」と一声かけてから部屋の中へと進む。

そこには髭《ひげ》を伸ばした如何《いか》にも「賢者《けんじゃ》」って感じのおじいさんと、ボンキュッボンの素敵なお姉さんが立っていた。

このおじいさんは確か入学式の時にいた学園長だ。

俺がお姉さんに見とれ鼻の下を伸ばしていると、横に立っていたアリスから何とも言えない目つきで睨まれたのですぐに視線を逸らした。

「学園長。二人をお連れしました」

「うむ。すまぬな、ハイデリッヒよ」

ハイデリッヒ先生は俺達の後ろへと下がり、部屋の入り口付近に立った。

学園長は俺とアリスの顔を確認した後、ゆっくりと話し始めた。

「君達がアレク君にアリス君じゃな。私はこの学園の長《おさ》をやっておる、ファルマス・リンゲルじゃ。まず初めにアリス君に言っておかねばならぬことがある」

ファルマス学園長は深々と頭を下げアリスに謝罪を始めた。

「今回の件。全ての責任は学園内への不審人物の侵入を防げなかった我々教員にある。本当に申し訳なかった」

「いえ、そんな……」

「よって退学の件はなかったことになる。我々教員の責任を君に押し付けるような形をとってしまったこと、心から謝罪する」

ファルマス学園長は暫くの間、頭を下げ続けた。

学園長の隣に立っていたお姉様も深々と頭を下げている。こうやってしっかりと自分達の非を認められるのは凄いことだ。難癖《なんくせ》つけて責任から逃れようとする大人達とは違う。

「頭をあげてください！　この件は私にも責任があります。……誘惑に乗ってしまったのは私自身なんですから」

アリスは自分の過《あやま》ちを悔《く》やみ、唇を噛みしめた。

俺は学園長に問いかける。

「学園長、アリスの退学が白紙になった件は分かりました。本日呼ばれた理由はそれだけでしょうか？」

俺に聞かれた学園長は頭をあげ、ゆっくりと椅子に腰かけてからその問いに答える。

「今日君達を呼んだ理由は他にもある。アリス君を洗脳したネックレスについてアレク君に聞きたいことがあるのじゃよ。エミエル君、いいかね」

「はい、学園長」

エミエルと呼ばれたお姉様が、学園長の机の上に闇のネックレスの残骸を置いた。

「初めまして。私の名前はエミエル・グレリオ。この学園で魔道具科の教師をやっている魔道具技師よ。アレク君といったわね、君にはいくつか質問があるの。答えて貰ってもいいかしら？」

「あ、はい。分かりました」

エミエル先生は収納袋から、見覚えのある水晶を取り出して学園長の机に置いた。

「知っていると思うけど、これは『真偽の水晶』よ。私の質問に嘘偽《うそいつわ》りなく答えて貰うために用意したものだから。正直に答えてね？」

俺がこくりと頷くと、エミエル先生から質問が始まる。

「このネックレスは貴方が作ったもの？」

「アリスさんにこれを渡したのは貴方？」

「アリスさんを洗脳しようとしたのは貴方？」

俺はこれらの質問に全て「いいえ」と答えた。

水晶は赤く光ることもなく、そのままの状態を維持している。

というか、この質問だと俺が犯人だと疑っていると言っているも同然じゃないか。

「赤くならない……まぁそうよね。この質問はあくまで君が犯人ではないことを裏付けるものだから。疑いが晴れてよかったわね」

先生の発言に俺はホッと胸を撫で下ろす。だが先生の質問は止まらない。

「じゃあ次の質問。これは貴方が言う通り、洗脳の効果のあるネックレスだったわ。でも貴方はどうやってそれを知ったの？」

「それは……」

俺はすぐに答えることが出来なかった。

『鑑定』のスキルを持っているから分かりましたと言えたらどれだけ楽か。アリスが知らなかったということは珍しいスキルに違いないのだ。

変な大人に目をつけられても嫌だし、このまま誤解されるのも嫌だ。どちらがいいかで考えれば、素直に言った方がまだましだろう。

「俺のスキルで分かったんです」

俺は『鑑定』というスキル名を言わずに、先生の質問に答えた。

俺の返事を聞いたエミエル先生は、横目で水晶の状態を確認する。水晶が赤くならなかったことにエミエル先生だけでなく学園長も驚いていた。

水晶から俺へと目を動かしたエミエル先生は、勢いよく俺の前まで歩いてきて両肩を掴んだ。

「それは凄いスキルね！　だってこのネックレスには『隠蔽《いんぺい》』の魔法も付与《ふよ》されていたのだから！　つまり、安物の『鑑定』器具じゃ洗脳の効果を見抜けないのよ！！！　その『隠蔽』を見抜けるスキルを所持しているなんて！！！　……なんていう名前のスキルなのかしら？」

エミエル先生は真剣な表情から一変して、玩具《おもちゃ》を見つけた子供のような目つきになった。

その目に睨まれた俺は背筋《せすじ》がゾクッとし、言い知れぬ恐怖に襲われる。

「エミエル君、その辺にしておきなさい」

学園長の言葉によりエミエル先生はハッとした顔になり、頬を赤く染めて元の場所へと下がっていった。

「すまんな、アレク君。エミエル先生は探求心《たんきゅうしん》が凄くてな。一度興味がわいてしまうと周りが見えなくなってしまうのじゃ。許してやってくれ」

学園長がエミエル先生の方に目を向けると、先生は恥ずかしそうに空咳《からせき》をしていた。先程までとは打って変わってしおらしい態度だ。

「アレク君。君のスキルに関してはこちらから詳細を追及《ついきゅう》することはない。水晶が赤くならなかったということは、君はこのネックレスの作製者でもなければ、アリス君を洗脳しようとした者でもないということ。つまり犯人ではないということじゃ」

疑いが晴れた俺はホッとして息をこぼす。隣で話を聞いていたアリスも安心している。

「しかし、我々が本当に知りたかったのは、なぜ君がこのネックレスに洗脳の効果があると知っていたのかという点だ。それも君が正直に答えてくれたおかげで、理由がはっきりした。我々は君がこのネックレスの作製者、あるいはその関係者だから効果を知っていたのではないかと思っていたのじゃよ。疑ってすまなかった」

「いえ、大丈夫です」

「アリス君も本当にすまなかった。これからは学園の警備《けいび》は万全のものにするから安心して欲しい」

ファルマス学園長は再び頭を深く下げた。

正直色々と懸念《けねん》は残るが、アリスの退学はなくなったんだ。本当に良かった。

だけど引き続きアリスの身を守らなきゃいけない。

無差別なのかアリス個人を狙ったものなのか分からない以上、常に気を張っておかないとな。

話が終わると、俺とアリスは学園長室を後にした。

ダンジョンで三日間を共にしたおかげでやっと打ち解けられたと思っていたのだが、学園長室を出てからのアリスはどこか暗い表情をしている。きっとまた狙われるかもしれない恐怖が拭《ぬぐ》えないのだろう。

「アリス、大丈夫だ。今度は俺が守ってやるから！」

俺の言葉にアリスは表情を明るくさせ、微笑みながら頷いた。

■

私――アリスは迷っていた。

このままアレクの隣にいてもいいのか。それは許されることなのだろうかと。

ダンジョンに潜った三日間はとても幸せな日々だった。いつか見た夢の続きを見ているかのように。

しかし、私が洗脳されたせいでアレクは犯人の疑いをかけられた。その結果、言う必要がない自分の情報を先生達に明かすことになってしまった。

（いっそ退学になれば、アレクに迷惑をかけずに済んだのに）

私はアレクに守られてばかりだ。あの日も今日も。ずっと守られている。

それなのに私はアレクに何も返せていない。どうしたら私は自信を持って彼の隣に立てるのだろう。

そんな考えばかりが頭をよぎる。

私の心には大きな針が刺さっている。

自分で抜くことが出来ず、常に私を傷つける大きな針。

この針を抜くことが出来れば、私は楽になれるのに。

■

学園長に会った翌日。

俺――アレクとアリスは、ネフィリア先生の研究室を訪れていた。

「まさか、アレク君の仲直りしたい相手がアリスさんだったとは思いませんでした！」

「心配をおかけしてすみません。でも先生のおかげで仲直り出来ました！」

いつの日だったか、俺は先生に、自分のせいでアリスを泣かせてしまったことを相談した。あれから先生には心配をかけたが、ようやく仲直りの報告が出来てホッとしている。

「本当に良かったです！　それに先生も、アリスさんが退学になるという話は教員会議で聞いていましたから。それがなくなってホッとしています！」

「ご迷惑をおかけして申し訳ありません」

「いえいえ！　アリスさんが不正を行ったりしたのは『洗脳』されていたのが原因ですから、仕方ありませんよ！　あっ……これ言っちゃだめですね」

先生はそう言うと、可愛らしく口元に人差し指を当てて、「シー！」とやっている。

その後、先生は三本のアッポウジュースを出してくれて皆で仲直りのお祝いをした。

ジュースを飲み終えた俺は先生に気になっていたことを尋ねる。

「そういえば先生って、普段授業がない時何をしているんですか？　まさかダンジョンに潜っているとか？」

先生はごくごくと喉を鳴らしながらジュースを飲み干した後、俺の質問に答えてくれた。

「勿論ダンジョンにも行きますよ！　ですが、基本的にはエミエル先生の助手をしています！　知ってます？　魔道具技師の第一人者なんですよ！」

エミエル先生か。昨日会った時何か変な感じがしたんだよな。

目つきというか雰囲気というか。ただ恥ずかしそうにしている姿は可愛らしかったな。

「エミエル先生の助手ということは、先生も魔道具を作るんですか？」

「それもありますけど、今はもっと大事な仕事があるんですよ！　十一月に行われる武闘大会に使用する結界を張るための魔道具を作っているんです！」

先生は、凄いでしょ！　といった様子でない胸を張っている。

俺は先生の可愛さも気になったが、武闘大会という言葉がとても気になった。

「武闘大会って、帝国にある帝立第一学園とウォーレン学園の代表者が競《きそ》い合う大会ですよね？　今年は確か、王都で開催《かいさい》されるって聞きましたけど」

「そうです！　両校の生徒が魔法・剣技・体術全てを駆使《くし》して、どちらが優《すぐ》れているかを決める大会です！　個人戦と団体戦があるんですけど、先生はどちらかというと、個人戦が盛り上がって好きなんですよねー！」

先生はこう言ったが、表向きは「親睦を深めお互いを高め合う」ための大会だ。

だが何十年か前からどちらが優れているかをハッキリさせるため、かなり過激《かげき》になっていると言われている。毎年、王都と帝都で交互に開催され、今年は王都で開催される予定だ。

「それで先生は、大会に使用する結界を張るための魔道具を作っていると」

「作っているというか、メンテナンスですね！　二年ごとに壊れていないかチェックするんですよ！」

そう言いながら、手で輪《わ》っかを作って見せる。

メガネのような形で、多分チェックしている様子を表しているのだろう。何とも可愛らしい。

「アレク君とアリスさんなら、どちらも代表になれそうですね！　そうしたら先生も精一杯応援させて貰います！」

「代表ってどうやって決めるんですか？」

「十月に学園内で行われる選抜《せんばつ》大会で各学年ごとの代表者を決めるんですよ！　確か出場するためには色々条件があったはずですけど」

先生がそう言い終わると同時に鐘《かね》が鳴った。

「先生はこれから用事があるので、続きはまた今度にしましょうか！　先生の仕事っぷりを自慢させてください！」

俺達三人は椅子から立ち上がり、研究室を後にした。

俺とアリスは午後からダンジョンに向かうためにご飯を食べることにし、食堂へ向かった。

三時間後。俺とアリスはFランクダンジョンの地下三階に来ていた。

流石に地下三階となると他の一年生達はここには来ていないと思っていたのだが――

「クックック」

俺とアリスの十メートル程後ろに、ぴったりとくっついてくる集団がいる。

デイル達だ。こいつらは俺達の後ろにくっついてここまでやってきた。

そのため一度も戦闘を行っていない。完全に寄生虫《きせいちゅう》と一緒。寄生虫デイルの誕生だ。

「アレク。あいつら……」

「分かってる。俺達が不正をしていると疑っている……わけではないらしい」

よく見ると、デイルの取り巻きの中に、紙とペンを持って必死に何かを書いている者がいた。多分俺達の後をつけて安全にマッピングをするつもりだろう。

俺とアリスは一度このダンジョンを攻略しているしルートは知っているはず。そう考えて後をついてきているわけだ。

「どっちが不正してるのよって話ね」

「そうだな。正直自分の力にならないから意味がない行動だとは思うけど、鬱陶《うっとう》しいのに変わりはない」

「どうする？　なんだったら私が言ってくるわよ？」

「いやいい。いったん来た道を戻ろう」

俺はアリスを窘《たしな》めて、来た道を戻る。

デイル達は俺達が戻ってきたことに気づくとそこで立ち止まり、すれ違う時にニヤニヤしながら見てきた。そして再び十メートル程離れてから俺達の後ろをついてくる。

「あいつら、あくまでマッピングを続けるつもりか」

俺は歩きながら思考を巡らせる。

食堂での出来事もそうだったが、振り返ってみれば魔法学の講義の時からデイルには散々《さんざん》なことを言われてきた。俺は何とか痛い目を見せてやろうと策を練る。

（ダンジョン内部。俺達は直接手を下さずにあいつらが困る方法。そうだ！）

俺は一つの案を考えつくと、アリスに向かって少し大きめな声で話しかける。勿論、デイル達に会話の内容を聞かせるためだ。

「なぁアリス！　地下五階のボス部屋入り口まで競争しないか？　先に着いた方が勝ちっ

てことで！」

「え？　い、いいけど。急にどうしたの？」

「よし！　じゃあ行くぞー！　よーい……ドン！」

俺はアリスの問いかけを無視して、スタートの合図をかける。俺が走り出すと、アリスも続いて走り始めた。

俺はアリスが追いつけるくらいの速度で走った。アリスが俺の隣で並走を始めると、後ろから追いかけてくるデイル達の集団に聞こえないような声量で話しかけた。

「アリス。全力で走らないで、アイツらがギリギリ追いつける速度で走ってくれ」

「え、競争するんじゃなかったの？」

「違うよ。アイツらにちょっとした仕返しをするんだ」

アリスは俺の言葉に納得しきれていないのか首を傾げていたが、それでも俺の言う通り七割程の速度で並走してくれた。後ろからはデイル達が焦っている声が聞こえる。

「クソ！　急げ！　アイツらに置いていかれるぞ！」

「ま、待ってくださいデイル様！」

背後を見るとデイル達は何とか必死に俺達についてきている。俺は地下四階への階段を目指しながら、『探知』スキルでモンスターがいない道を選択して走り続けた。

勿論それでもモンスターと遭遇しないわけにはいかないため、モンスターが現れた瞬間に『上級火魔法』で瞬殺して通り抜けた。

地下四階に降りた俺とアリスはデイル達がついてきていることを確認し、再び移動を開始する。

俺はまだ息切れを起こしていないが、アリスは少し肩で息をし始めていた。デイル達はゼーハーと息を切らしている。

「ごめんなアリス、無理させて」

「ううん、大丈夫。いい訓練になるわ」

アリスは俺に心配かけまいと、額から汗を流しながらも笑顔で答えた。

そろそろ頃合いかもしれないな。あと三十分程走ったらアレを実行しよう。

そして三十分後。俺はアリスに走る速度を上げるように声をかけた。

「アリス。この先の十字路を左に曲《ま》がる！　そこまで全速力で駆けてくれ！」

苦悶《くもん》の表情をしながら走るアリスは、声に出して返事をすることなく、ただコクリと頷いた。

俺は後方をチラリと見て、デイル達との距離が十分にとれていることを確認する。

「行くぞ！」

俺の掛け声と共にスピードを上げるアリス。俺はアリスの少し後ろを走りながら十字路を左へと曲がる。

俺の姿がデイル達の視界から消える位置まで走り、俺は後ろへと振り返る。そして地面へと両手をつき、魔法を行使する。

「『土壁《アースウォール》！』」

地面から現れた土の壁はみるみる大きくなり、俺とアリスが通った道を完全に塞いでしまった。『土壁《アースウォール》』の向こう側からはデイル達の声が聞こえてくる。

「おい！　アイツらの姿がないぞ!!　こっちに行ったんじゃないのか!!」

「た、確かに左に曲がりました！　でも、行き止まりだなんて……」

「チッ！　もういい！　今日のところはこれで引き揚《あ》げるぞ！　早く地図を出せ！」

「そ、それが。移動が速すぎてマッピングが出来ていないんです……」

「なんだと！　ふざけるな！　どうやって戻ればいいというんだ!!」

「す、すみません！」

どうやら俺の思惑《おもわく》通りいったみたいだ。アイツらは俺達の移動についてくるのに必死でマッピングが出来なかったらしい。つまり今いる場所から階段まで戻るのに再びマッピングをしなければならない。しかも三階に戻れたとしてもそこから二階に上がる階段までマッピングしないと戻れないのだ。デイルの悔《くや》しがる顔が目に浮かぶ。

俺は少しスッキリした後、後ろで座り込んでいるアリスの元へと向かった。

「アリス、大丈夫か？」

「ええ……フー。こんなに走ったの初めてよ。アレクは全然息切れしてないのね」

「まぁな。どうする？　少し休むか？」

「はぁはぁ。……そうね、ちょっと休みたいかも」

「了解だ。ちょっと歩けば角部屋に着くから今日はそこで休むことにしよう」

そう言って俺は座り込むアリスに手を差し伸べ肩を貸す。

アリスは「ありがとう」と呟き俺の首に腕を回す。

俺達はゆっくりと今日の野宿場所へと歩いていった。

アリスに肩を貸しながら歩くこと十分。俺達は角部屋へと辿り着いた。

俺はアリスを壁際に座らせると、道を塞ぐように『土壁《アースウォール》』を設置する。勿論、少しの空気の通り道は残してあるが。

「アリス大丈夫か？」

「ええ。まだちょっと息切れはするけど」

壁を作った俺は疲れ切っているアリスの元へと駆け寄った。

表情を確認するが青白くはなっていないため、単に走り疲れてしまったのだろう。

俺は『脚力上昇』のスキルもあるし、ステータスが高いから疲れることはなかった。

しかしパーティーメンバーであるアリスのことを考えずに行動してしまったのは、リーダーとしてあるまじき失態《しったい》だ。

俺は『収納』からベッドを取り出し地面に設置した。

このベッドは寮にあったベッドで使っていない方のやつだ。普段はダンジョン内で仮眠を取る時に俺が使っているが、今日はアリスに使って貰うことにした。

「アリス。今日はこのベッドで寝てくれ。夕食の準備も俺がするから」

俺が声をかけると、アリスはよろめきながら立ち上がり、首を小さく横に振った。

「そんなの悪いわよ。私ばかり迷惑かけてはいられないわ」

そう言って収納袋から何かを取り出そうとするが、ふらついて俺の方へ倒れこんでしまう。

俺はアリスの体を支えながらベッドへと運び、座らせる。アリスは頭を押さえながら「ありがとう」と小さく呟く。

「今から夕ご飯を作るから。それまで横になっててくれ」

俺は収納袋から木材と小鍋《こなべ》、ボアの肉に様々な野菜、そして調味料を取り出して料理を始める。

まず肉を細かく切るのは包丁ではなく『初級風魔法』の『風刃《ふうじん》』がおススメだ。手が汚れずに済むし片付けも少なくていい。

肉を一口サイズに切ったら、次は玉ねぎとジャガイモと人参《にんじん》をカットしていく。これも『風刃《ふうじん》』でササッと済ませる。

そしたら玉ねぎを鍋であめ色になるまで炒める。その後ボアの肉を鍋に投入し表面をカリッと仕上げる。

それが済んだらジャガイモと人参を入れて、水を鍋の七割くらいまで注ぐ。この水も『初級水魔法』の『水球《ウォーターボール》』を応用すればワザワザ買う必要はない。

そして食材全体に火が通ってきたら調味料を投入する。日本みたいに「ルー」がないから完全に自己流である。鍋がグツグツいってきたら完成だ。

一部始終《しじゅう》をベッドから見ていたアリスは目を丸くしていた。しかも口からはよだれが少し垂《た》れている。

「ほら出来たぞ。主食はパンだけど、このシチューにつけたら美味《おい》しいぞ！」

そう言って収納袋から木皿を取り出し、アリスの分を盛り付ける。俺はその皿をアリスに渡して次に自分の分を盛り付けた。

アリスのお腹《なか》からグゥーという可愛らしい音が聞こえてくる。

「そうだ。ほら、スプーン」

渡し忘れていたスプーンをアリスに投げ渡す。お腹が鳴って恥ずかしがっていたアリスは頬を赤く染めながらスプーンを掴んだ。そして一口すくうと匂いを嗅いだ。

「……いい匂い」

「良かった。気に入らなかったらどうしようかと思ったよ」

俺達は一緒に食べ始める。ロンロン亭で出されたボア煮込《にこ》みのシチューよりも味は濃《こ》いめだが美味しい。

俺は冷めないうちにと、黙々と口の中へシチューを運んでいく。

すると隣から木がぶつかり合う音が聞こえた。

見るとアリスは既にシチューを完食しており、泣きそうな顔で空《から》になった器《うつわ》を見ていた。

「おかわり、いるか？」

俺の言葉を耳にしたアリスはパッと笑顔になり、すぐさま恥ずかしそうに下を向きながら、空《から》になった器を俺へと差し出した。

俺は笑いながら皿を受け取り、再度シチューを盛り付ける。

「そんなに恥ずかしがらなくてもいいだろ」

「……だって、食い意地張ってるみたいじゃない」

「そんなことない。寧ろ美味しいと思って貰えたなら嬉しいよ」

「美味しかったわ！　こんな美味しい料理初めて食べたもの!!」

アリスは大きな声で叫んだ後、再び恥ずかしそうな顔でシチューを食べ始めた。結局その後も二回おかわりをするアリスだった。

夕食を食べ終えた俺は食事に使った器を洗ったり、『土壁《アースウォール》』を壊して再度作り直したりした。

アリスはお腹いっぱいご飯を食べたからか、ベッドの上で横になりウトウトしている。

俺も早く寝ようとベッドと『土壁《アースウォール》』の間に布を敷いて寝そべった。

もう少しで眠れそうだという時、アリスから声がかかった。俺はベッドの方へと向きを変えてアリスの顔を見つめる。

「アレクはどうして私を助けてくれたの？」

「え？　どうしてって退学は不当だろう。洗脳されていたんだし、アリスに責任はない」

「違うの。……あの日のこと」

アリスに言われて、俺はあの日のことを思い出す。

アリスが洗脳されていることに気づき、ネックレスを破壊し、暴走したアリスを何とか止めることに成功したあの日のことを。

「アレクは私に過去のことは水に流そうと言ってくれたけど、ハッキリさせたいの。じゃなきゃ私は……前に進めない。あの日私は間違いなく、貴方を殺そうとしていた。洗脳されていたといえばそれまでだけど。なぜ、自らを危険に晒《さら》してまでそんな私を助けようとしてくれたの？」

「友達だから。それ以外に理由がいるか？」

「友達っていったって最後に会ったのは私の八歳の誕生日の時よ？　あれからずっと会っていなかった。……そんなの友達って言えないじゃない」

アリスは泣きそうな顔をしながら続ける。

「それに私は、貴方の討伐したモンスターの魔石を利用して、不当に高評価を得ようとした。それだけじゃなく貴方が不正をしていると吹聴《ふいちょう》していたのよ！　……そんな奴のために貴方が命を懸《か》ける必要なんてないでしょ！」

どうしてSクラスで俺が不正者扱いされているのか疑問だったが、アリスが嘘を広めていたのか。

ようやくすっきりした。もし俺がこのことをあの日よりも前に知っていたとしたら、俺はアリスを救っていただろうか。

（考えるまでもない。何があろうと俺はアリスを救っていた）

「アリスは俺達が初めて会った時のこと覚えてるか？」

俺はアリスに問いかける。

「……覚えているわ。私にとって初めての友達が出来た日だもの」

「俺にとってもそうだったんだよ。初めて出来た友達、それがアリスだ。その友達が俺の家族のせいで心に傷を負い、洗脳され、友達を殺してしまいそうになっている。そんなの俺が救ってやるしかないだろ」

俺の答えを聞いたアリスは黙り込んでしまった。

アリスの問いに対して俺の答えが正解なのかは分からない。

アリスがどんな答えを望んでいるのか、俺にどうして欲しいのか、その表情から汲《く》み取ることが出来ればどれだけ楽だろう。

だが俺にそんな力はない。でもそんな力がなくたって俺にも出来ることはあるはずだ。

「アリスが今何を思って何を感じているのか、正直俺には分からない。俺はアリスにはなれないし、アリスの心を読むことも出来ないから。だからもしかしたらこの先、今みたいにアリスを不安な気持ちにさせてしまうことがあるかもしれない」

俺はアリスに優しく微笑みかけながら言葉を続ける。

「だから今誓《ちか》っておく。俺は一生アリスの隣にいる。そして何があろうと俺はアリスの味方でいる。そしてどんなものからもアリスを守ってみせる。だからアリスも俺を信じてくれ」

俺が喋り終わると、アリスは布団の中から右手を外に出し、俺の方に伸ばしてきた。

まるで子供が「指切りげんまん」を催促《さいそく》するかのように、小指だけを立たせながら。

俺も右手の小指を立たせアリスの小指と絡ませる。

「……約束よ？」

「あぁ、約束だ」

俺がアリスの言葉にそう答えると、アリスの瞼はゆっくりと閉じていき、暫くするとアリスは夢の中へと落ちていった。俺も次第に眠くなり、すぐに寝入《ねい》ってしまった。

アレクと小指を絡ませた時、私──アリスの心に刺さった針はスーッと抜けていった。

今は全く痛みを感じない。

この小さな指一つがアレクと繋がっているだけで、私の心は満たされていく。

私の心は五年ぶりに安らぎを取り戻したのかもしれない。

そのせいか急激《きゅうげき》な睡魔《すいま》に襲われ、瞼がゆっくりと閉じていく。

（まだ……おしゃべり……したかった……のに）

私の意識は夢の中へと落ちていく。

眠りに落ちながらも、絡め合った小指を離すことはなかった。

■

「ほらアレク！　行くわよ！」

「はいはい。今行きますって」

昨晩、ダンジョンの中で俺──アレクと語り合ったおかげか、アリスは憑《つ》き物が落ちたかのような、スッキリとした表情をしていた。そのせいか朝から元気いっぱいである。

「今日はどうするの？　五階に降りてボスに挑んじゃう？」

「うーん。俺は別にいいけど。アリスの調子はどうなんだ？」

「すこぶる元気よ！　今だったら昨日の勝負も負けないわ！」

そう言って腕に力こぶを作るアリス。

そこまで元気があるなら、今日はボスに挑んで転移の陣から帰るのも良いかもしれない。

俺とアリスが組めばゴブリンジェネラルも容易《ようい》に倒せるだろう。

「分かった。じゃあ今日、ボスに挑もう。地図は俺が持ってるから見ながら行けばすぐに辿り着けるさ」

俺とアリスは角部屋を後にして、地下五階へ続く階段を目指して進んだ。

その間もアリスはずっと話し続けている。まるでこの五年間を取り戻すかのような勢いで。

「それでね？　お父様ったらもっと女らしくしなさいって言うのよ？　『剣聖』になったんだから強さを求めたっていいじゃない！」

「そうだな」

「でしょ？　それなのに『アリスは毎日剣ばかり振っているな。もっと令嬢としての嗜《たしな》みがー』とか言ってくるの！　私だってそれくらい分かってるわよ！」

「そうだな」

俺はアリスの変わりっぷりに思わず微笑む。昔もこんな感じだった。嫌なことがあったりすると、すぐに俺の所に来て愚痴《ぐち》を言ってくる。だが最終的にいつもアリスはこう言うのだ。

「でもお父様は私のことを考えてくれているの。それが分かっているから、あまり強く言えないんだけどね」

自分のことを心配してくれているのが分かっているから、アリスは両親に言われたことはしっかりとこなすようにしている。ようやく完全に昔の関係に戻れた。

そしてこの後も会話を続けながら歩くこと十分。今日初めてのモンスターの登場だ。

「アレク来たわよ！　ゴブリンとコボルドが二体ずつ！」

「了解だ！　じゃあまず俺が『火球《ファイヤーボール》』を」

「『縮地《しゅくち》！』」

「え？」

接敵時は俺が指示を出してからという約束だったのに、なぜかアリスはスキルを使って一人で突っ込んでいく。俺は慌てて両手を前に突き出し魔法を放つ。

「『火矢《ファイヤーアロー》』！」

俺が放った六本の『火矢《ファイヤーアロー》』は集団の後ろで武器を構えていたゴブリン達に命中する。

その間にアリスは二体のコボルドを倒していた。

アリスは全てのモンスターが骸になっていることを確認すると剣を鞘にしまい、満面の笑みで俺の方へと歩いてきた。

「ねぇねぇ！　今のどうだった！　早かったわよね？　私にかかればこんなもんよ！」

「……はぁ。そうだな。早かったよ」

俺はアリスのミスを咎《とが》めることをやめて素直に褒めてあげた。

昨日までの戦闘では俺の指示をしっかり聞いてくれていたし、今日ぐらいは大目に見てあげよう。

俺と行動していて気が張っていたのかもしれない。

今は自分らしく行動出来るから、あんな笑顔なんだろうな。

だが、少しは注意していて貰わないと、アリスが魔法に被弾したら危ないからな。

アリスがない胸を張って俺に自慢をした後、二人でモンスターの魔石を取りに行った。

「アリス。今の攻撃早くて凄かったけど、後方から俺の魔法が飛んでくることは忘れないでくれ。下手うって怪我なんてしたら大変だしな」

「あっ……ごめんなさい。私すっかり忘れてたわ」

「次から気をつけて貰えれば大丈夫だ。特にボスは強敵だからしっかりしてくれよ！」

「分かったわ！」

俺とアリスは粒子となって消えたモンスターから魔石を取り、収納袋にしまう。するとアリスが俺の収納袋をジーッと見ていることに気づいた。

「どうした？」

「アレクの収納袋ってそんなに容量大きくないものよね？　昨日のベッドが入る大きさとは思えないんだけど」

　まぁ流石に気づくか。隠してはきたけど、アリスには言っていいだろう。

「そうだな。実は『鑑定』と同じで、もう一つレアなスキルを持ってるんだ。『収納』っていうスキルなんだけど、基本、物体なら何でも入る。容量とかは気になったことないから、かなりの量が入ると思う。このスキルについても他言無用《たごんむよう》で頼むよ」

「アレクって凄いのね。そんな珍しいスキルを二つも持っているなんて」

　俺が凄いというよりは転生のサービスが凄かっただけだ。

　それから五時間後。俺達はFランクダンジョン地下五階のボス部屋の前にいた。

　ここに着いたのはつい先程だ。しかしここで予期せぬ事態が発生している。

「待っていたぞ姓なしめ！　昨日はよくもやってくれたな!!　お前のせいで私達は道に迷ったのだぞ!!」

　俺達の前には、昨日撒《ま》いたはずのデイルご一行がいるのだ。

　昨日の会話の内容から、てっきり地上へと向かったと思ったのだが、どうやら地下を目指したらしい。

まぁ普通に考えれば、分からなくなってしまった三階への階段を目指すより、五階へと降りる階段を探して、ボスに勝利した方が絶対にいい。どうやらデイルは馬鹿ではないらしい。

「昨日？　俺は昨日アリスと競争していただけなのだが？　お前達に何か迷惑をかけたか？」

「グッ……」

俺の返事にデイルは返す言葉がなく、歯ぎしりしている。

ここでデイルが馬鹿正直に昨日のことを話していれば、不正とはいかずとも妨害行為《ぼうがい》、もしくはダンジョン攻略における正当性が欠如《けつじょ》している、と判断されてもおかしくなかったのだが。

「まぁどっちでもいいわ。それで貴方達はボスに挑むわけでもなく、こんなところで何をしているのかしら？」

アリスが俺の後ろから顔を出し、デイル達に向かって問いかける。するとデイル達は苛《いら》ついていた表情を一変させて、ニヤニヤし始めた。そして一斉に杖を構えた。

「ダンジョンで死んだ者がどうなるか知っているよな？　粒子となって消える。そのため誰に殺されたかなんて分からない。この意味が分かるか？」

「あー……俺を殺すつもりなら別に構わないけど、アリスはどうするんだ？　まさか見逃すわけにもいかないだろ？」

「殺すなんてそんな酷いことはしないさ、ちょっと痛い目を見れば、いくら馬鹿なお前でも分かるだろう。どちらが格上の存在かということがな！　アリス様には手は出さん。これはあくまで『学生の魔法訓練』。そうだろお前達」

「はい！　デイル様！」

なるほど。いくらアリスが先生達に真実を告げたところで、こう宣言されては仕方ない。それに「魔法訓練」なら、俺も試《ため》したいことがあるしな。

「我々の炎に焼かれて灰になるが良い‼　我が敵を燃やし尽くせ！　『火球《ファイヤーボール》』！」

デイルを含んだ五人から一斉に『火球《ファイヤーボール》』が飛んでくる。というか全員、魔法職か。

デイル達はライオネル先生の講義で、前衛の大切さを学ばなかったみたいだな。そんなことを考えながら、俺は右手を前にかざし新《あら》たな魔法を行使する。

「『炎盾《フレイムシールド》』」

俺の前に渦巻く炎の盾が形成される。

デイル達が放った『火球《ファイヤーボール》』を全てその盾で受け止めると、炎の火力が上昇した。

「な！　なんだそれは‼」

「これは『炎盾《フレイムシールド》』っていう防御魔法だよ。相手の火魔法を吸収して火力をあげて攻撃魔法に転換出来る魔法だ。ほらこんな風に」

そう言いながら右手をくるりと一周させて、デイル達に向かって炎の盾を投げ飛ばす。

吸収した火魔法の火力が小さかったため大した威力《いりょく》は出ないが、それでも十分な火力だ。

上級魔法を人に行使してはいけないからな。

「グアァ！　熱い!!」

デイル達は俺が放った炎に驚き、急いで回避する。しかし、『炎盾《フレイムシールド》』の炎はデイル達を囲うように地面を這《は》った。

その間に、俺とアリスはボス部屋の扉へと進んでいく。

「ま、待て！　誰が入っていいと言った!!」

「いや、ここお前の部屋じゃないだろ」

そう言って、俺とアリスはボス部屋の中へと入った。

きっとこの部屋の中心には、かつて俺を驚愕させたあのゴブリンロードがいるはずだ。

そう思いながら剣を構える。しかし、俺達を待っていたのは予想外のモンスターだった。

ゴブリンジェネラルが一体に、ゴブリンメイジが一体にゴブリンが二体。

俺はゴブリンロードの姿がないことに驚き、『探知』スキルを発動させて、ゴブリンロードを探すが見つからない。

「こいつらがダンジョンボスね。アレク指示を!!」

「あ、ああ。まず俺がアイツらに向かって『炎槍《フレイムランス》』を放つから、その後、側面から攻撃を仕掛けてくれ。もしかしたら左右に分断する可能性もあるから、反対側は俺が対処する」

「分かったわ！」

アリスの返事を合図に俺は両手を前にかざし、魔法を放つ。なぜかその間にも行動を開始することがないゴブリンジェネラル達。もしかしてカウンターを狙っていたりするのか？

「『炎槍《フレイムランス》』!!」

俺の両手から放たれた二つの炎の槍は真っすぐに敵に向かっていく。

ゴブリンロードはこの魔法を片腕一本を犠牲にすることで防ぎ、次に繋げた。

だが今目の前にいるモンスター達は、魔法に対処することなく貫かれていく。

「え？　嘘だろ？」

俺の魔法に貫かれたゴブリンジェネラルとゴブリンメイジは、ぱたりとその場で倒れる。

残ったゴブリン二体も、俺の指示通り動いてくれていたアリスの側面からの攻撃により、あっけなく首を落とされてしまった。

「ふぅ。流石ねアレク！　まさかダンジョンボスを一撃なんて！」

アリスが剣をしまいながら俺に話しかけてくる。

「あぁ。そうだな」

俺は胸にしこりを残しながらもアリスの元に向かい、魔石を回収して部屋の奥へと向かっていった。

Ｆランクダンジョンを攻略した翌日。俺とアリスは学園内ではなく王都の道を二人並んで歩いていた。

昨日は転移の陣から俺とアリスが出てきたことで注目を浴びたが、俺達がＦランクダンジョンを一度クリアしていることは周知されているので、大騒ぎにはならなかった。

受付のお姉さんには短期間で二度もＦランクダンジョンを攻略したことを驚かれたが。

「着いた！　ここだよ」

俺はアリスにそう声をかけて、店の扉を開ける。

俺達が今日訪れたのはサンフィオーレ魔具店だ。

フィーナさんから購入したフルポーションのおかげでアリスの右腕は後遺症なく動かすことが出来ている。お礼というわけではないけれど、一言挨拶しようと思い来てみたのだが。

「早くしてくれ！　急いでんだからよ！」

「ちょっとこっちが先よ！　ハイポーション二つ！」

俺が来る時にはいつもお客がいないのに、今日はお店の中に十人以上の冒険者達がいる。

「凄いわね。いつもこんなに混んでるの？」

「いや、今日は珍しく混んでるみたいだ。客が引けるまで暫く待つとしよう」

俺とアリスはフィーナさんに挨拶するのを後回《あとまわ》しにして、店内を見て回ることにした。

高級そうな杖が並んでいたり、ポーションが綺麗に陳列《ちんれつ》してあったりする。

アリスはポーションを購入するつもりなのか、熱心に見て回っていた。

三十分程して客がいなくなり、俺はフィーナさんに声をかけるためにカウンターへと歩いていく。

「お久しぶりです、フィーナさん。今日は忙しそうでしたね」

「あらアレク君じゃない！　そうなのよー、ここのところ毎日あんな感じ。それで今日はどうしたの？」

フィーナさんは少し疲れた顔でため息をこぼしていた。

売上的には嬉しいのだろうが、日々の疲れが溜まっているようだ。俺はアリスに聞かれないように、小声でフィーナさんに話しかける。

「実は先日購入したフルポーション。アレのおかげで色々と助かったので、お礼を言いに来たんです」

フィーナさんはカウンターを力強く叩いて驚きの声をあげた。

「嘘でしょ!!　アレ使っちゃったの？　誰に？　何で？　どうして？」

「ちょっと！　そんな大きい声出さないでくださいよ！　色々あって使っちゃったんですから」

アリスに聞かれたらまずいと思い、俺は興奮《こうふん》しているフィーナさんを押さえる。

大金で購入したポーションを自分のために使われたなんて知ったら、アリスは罪悪感に押しつぶされてしまうかもしれない。それに口移ししたのがバレたら最悪だ。

だが俺達のやり取りに気づいたアリスが、ポーションを持ってこちらに向かってやってくる。

「どうしたの？　何かあった？　使っちゃったとか言っていたけど」

「いや！　何でもないよ。ここで買ったハイポーションを使っちゃったって話をしてたんだ」

アリスと俺をジーッと見ていたフィーナさんは、何かに気づいたのか、ニマーと笑い始めた。

「そうなのよー！　アレク君たらここで買ったハイポーションを二つも使っちゃったらしいの！　大変よねー！」

「そうだったの。アレクもダンジョン攻略には手こずったんだ……」

「そうそう！　もう傷だらけでね！」

俺は話を合わせてくれたフィーナさんに不信感を抱く。どうにもあの顔は何か企《たくら》んでいるようにしか思えない。そして予想通りフィーナさんの質問が始まった。

「ところでお嬢さん。貴方、体の四肢《しし》に何か違和感はない？　動かしづらいとかそういうの」

「え？　いや、そんなことないけど……。どうして？」

「別に理由はないの！　ちょっと気になっただけよ。もう一つ聞きたいのだけど、貴方、フルポーションて飲んだことあるかしら？」

「ないわ。ハイポーションまでなら飲んだことあるけど。そもそも手に入れたこともないもの」

アリスの返事を聞いたフィーナさんは全てを悟ったのか、満面の笑みで俺の顔を見つめてきた。

これから何が起こるのか、想像するだけでも胃が痛くなる。

「アレク君～。貴方確かDランク冒険者だったわよねー」

「……はい」

「私がギルドに依頼してる、素材採取《さいしゅ》依頼受けて欲しいんだけど！　良いかしら？　今もう月魔草の在庫が少なくなってきていて、大量に欲しいのよねぇ」

「え？　それで良いんですか？」

俺は想像していたよりも遥かに優しいフィーナさんのお願いに驚いた。

ハイポーションを百個買えとか、そういうレベルのことをお願いしてくると思ったのだが。

「それで良いわよ？　酷いお願いでもすると思ったの？」

「凄い悪い顔してたから。すみません……」

俺が素直に話すと、フィーナさんはこれまで見たことがないような穏やかな表情になった。まるで我が子を愛《め》でる母のような顔だ。

「若いって良いなーって思ってただけよ！　何が起きたのかは聞かないけれど、貴方は判断を間違えなかった。それは誰にでも出来ることではないわ。誇りなさい」

「……はい！」

俺は心の中でフィーナさんに謝った。二度と来るかこんな店、と思っていたのが恥ずかしくなる。

俺がアリスにフルポーションを使ったことに気づいたのに、口に出さず、褒めてくれた。

俺はフィーナさんの優しい瞳を見つめながら感謝した。

話に入ってこれなかったアリスが、横から顔を出してフィーナさんに問いかける。

「なになに？　よく分からないのだけど何があったの？」

「お嬢さんは気にしなくて良いのよ！　私と彼の秘密のお話！」

フィーナさんが人差し指を唇に当て、可愛らしい仕草をする。アリスは「秘密」という単語に、少し苛立った様子で俺の方を睨みつけてきた。

「アレク、秘密ってなんなの！」

「秘密なんてないよ。フィーナさんが俺を褒めてくれただけさ。そんなことよりギルドに行こう！　採取依頼を受注しなきゃ！」

俺はアリスの手を取り、店の出口に向かって歩き出す。

アリスは不満げにしながらもついてきてくれた。扉を開けた俺はフィーナさんの方へと振り向く。

「また来ます！」

「えぇ。またいらっしゃいな」

そう一言告げて、サンフィオーレ魔具店を後にした。

店を出て十歩程歩いた俺は、歩きながらアリスの手を掴んでいた手を離す。

教員室に入った時のような失敗は二度と繰り返さない。アリスに恥ずかしい思いをさせたら可哀想だしな。

手を離されたアリスは「あっ」と呟いた後、口惜《くちお》しそうにしていた。

「このまま冒険者ギルドに向かっても良いか？　なんなら、アリスを送ってから依頼を受けるけど」

「私も行くわよ！　一緒に依頼も受けるからね！」

「分かったよ。アリスは冒険者登録してあるのか？」

「してないわ。必要なら今日するけど」

「多分登録しないとダメだと思う。もしかして貴族は登録しちゃいけないとかあるのか？」

「ないわよ。貴族でも冒険者登録してる人はいるわ。特に家督相続権《かとくそうぞくけん》がない次男とか三男とかの子供達ね。ウォーレン学園に入学出来れば騎士になる道も開けるけど、そうでないと難しいから。頭が良ければそれなりの役職は貰えるだろうけど……」

確かに貴族の子供ならば将来が安泰《あんたい》かと言われればそうでもない。

男児が産まれなかった家に婿《むこ》養子として入るという手もあるが、それだって数は少ない。騎士や王都の役職付きになるためには、ウォーレン学園を卒業していることが前提になるんだな。

そんな話をしていると、ようやくギルドに着いた俺達。

大きな扉を開き中へと進もうとした、その時――

「ふざけるな!! なぜ僕が降格《こうかく》なんだ!!」

奥から聞き覚えのある怒鳴り声が聞こえた。

パーティー金の剣のリーダーであるユーマが、受付のミシェルさんに怒鳴りかかっていた。

アリスはユーマの怒鳴り声に驚いたものの、興味が湧《わ》いたのか、ユーマをジーッと見ていた。

「ですから何度も説明しています！ 貴方が建《た》てた小屋の中にゴブリンが潜んでいたのです！ 発見したのが冒険者だったから良かったものの、王都民の方々が被害に遭っていた可能性もあるのですよ！」

「そんな馬鹿なことがあるか！　僕が小屋を建てたと報告した時、『謝礼《しゃれい》が出るかもしれない』と言われたんだぞ！　それなのに、なんで僕が降格されなくてはならないんだ！」

「確かに言いました。ですが貴方の報告の後、すぐに冒険者達に小屋の安全性の確認に向かわせた結果がこれなのですよ」

「グッ……」

ユーマはミシェルさんの言い分に返す言葉もなく、歯ぎしりをしている。そして何か手はないかと探すように周囲を見渡し始め、俺と目が合った。

ユーマは俺を指さし大声で叫ぶ。

「アイツだ！　アイツが建てたんだ！　指示したのは僕だが、安全性を確保しなかったのはアイツだろ！　だったら罰を受けるのはアイツの方じゃないか！」

俺は自分に矛先《ほこさき》が向いたことに焦るが、ミシェルさんが呆れた表情でユーマに語りかける。

「ユーマさん。この件に関しては、依頼者の商人、ロイドさんにも確認して頂いてるんですよ。アレクさんが壊そうとしたのを、無理やり残したそうじゃないですか。それに、護《ご》衛《えい》依頼に関してもロイドさんから聞きました。打ち合わせにも遅刻《ちこく》、出発時も遅刻、ましてや御者《ぎょしゃ》をアレクさんと依頼者に任せっきりだったそうですね。それを含めての降格です」

「……クソ!!」

ユーマは悪態をついて、カウンターをひと殴《なぐ》りした後、ギルドの出口に向かって歩いていった。

俺はその背中を見つめ、あんな大人にはなりたくないと思った。まぁ俺も大人だったのだが。

「アレクさん！」

すると先程までユーマと話していたミシェルさんから声がかかる。

俺とアリスは登録の件もあるので、二人でミシェルさんの所へと歩いていく。

「お久しぶりです、アレクさん。先程のお話聞いてましたか？」

「ちょっとだけですけど。俺が建てた小屋の中にゴブリンが潜んでたって話ですよね？」

「そうです。正確にはゴブリンが三匹程いました。本来であればアレクさんにも軽い処罰が下るのですが、今回は事情が事情ですので、厳重《げんじゅう》注意のみとなります。今後は不用意に建築物を残さないよう、お願いいたします！」

「すみません。ありがとうございます」

俺はそう言いながら頭を下げる。なぜかアリスも俺の隣で軽く頭を下げていた。

それにしても、ようやくあの男に厳罰《げんばつ》が下されたと思うと嬉しい気分になるな。

ユーマのステータスにあった【運】S＋の数値もおかしいのではないかと思えてしまう。

それに女性二人の姿も見えなかったし、もしかしたら運に見放されたのかもしれない。

「それで、本日はどのようなご用件でしょうか？」

ミシェルさんが頭を下げている俺達に向かって話しかける。俺とアリスは顔をあげて、今日来た用件を話し始めた。

「今日はアリスの冒険者登録と依頼の受注に来たんです。フィーナさんから月魔草を採《と》ってきてくれと頼まれたので」

「そうなんですね！　それでは先にアリスさんの登録をいたしましょう。ステータスカードの提示をお願いします！」

アリスは言われた通りステータスカードを出現させて、ミシェルさんに提出する。

ミシェルさんはそれを受け取ると、淡々と作業を進めていった。

どうやらアリスが言っていた通り、貴族が冒険者になるのは別に珍しいことではないらしい。

その後も俺が登録した時と同じように、水晶に手をかざすと水晶が白く光り、程なくして光が消えて青色のカードが現れる。

「これで登録が完了となります！　カードを返却しますので確認をお願いいたします！」

ミシェルさんがそう言うとアリスはカードを受け取り、カードに穴が開きそうな程、凝《ぎょう》視《し》している。アリスのカードには俺が登録した時と同じように右上にFと書かれていた。

「続いてパーティー申請なんですが、パーティー名とリーダーを決めてください！」

そう言ってミシェルさんは、一枚の紙とペンをカウンターに置いた。

紙にはパーティー名とリーダーの名前を記入する欄《らん》がある。パーティー名とか全く考えていなかった俺は、アリスの方に顔を向けた。

するとアリスは何を勘違いしたのか、「私が決めて良いのね？」と言って紙にサラサラと書き始めてしまった。まぁ小恥ずかしい名前じゃなければなんだって良いか。

だが俺の思いも虚《むな》しく、アリスの右手は動きを止めて、紙を高らかに持ち上げた。

「書いたわ！　私達のパーティー名は『白銀の狩人』！　リーダーはアレクよ！」

「ちょっと待て！　なんだその名前は！　せめてもう少し落ち着いた名前にしてくれ！」

「なんでよ！　良いじゃないの！　アレクのカッコよさを前面に出したパーティー名なんだから、これでいくわ！」

アリスは俺の制止する声をよそに、パーティー申請の紙を提出した。

ミシェルさんは苦笑しながらその紙を受け取ってしまう。

「まぁ、パーティー名は後々変えることも出来ますから。落ち着いて考えてみてください。それではパーティー名『白銀の狩人』、リーダーはアレクさんで登録させて頂きます！」

そう言うとミシェルさんは、水晶の上にパーティー申請の紙を置いた。すると俺達が冒険者登録をした時のような現象が起こり、青色のカードが出てきた。

「こちらがパーティー用のギルドカードになります！　リーダーであるアレクさんがお持ちするようにお願いいたします」

「ありがとうございます！」

アリスは笑顔でそれを受け取ると、俺に渡してくる。まぁ今のところはこれで我慢するとしよう。

俺はミシェルさんの方に顔を向け、月魔草の依頼について話そうとした。しかし、ミシェルさんの方から思いがけない話がされる。

「それで先程言っていた月魔草の採取依頼についてなんですが……。申し訳ありませんが受けることが出来ません」

「え！　なんでですか⁉」

「月魔草の採取依頼はDランク依頼となっております。アレクさんは受注条件を満たしているのですが、アリスさんはFランクですので……最低でもEランクになって頂かないと、規定上無理なのです。パーティーで依頼を受ける場合の条件は、誰か一人でもランク条件を満たしていること、かつパーティー全員が依頼ランクより一ランク下以上の冒険者であることなので。……すみません」

無理だと言われてしまえば仕方がない。

ソロで受けても良いのだが、横にいるアリスの顔を見る限り、一緒に受けなきゃ気が済まないようだ。私も受けるからね！　という顔をしている。

「分かりました。では先にアリスの冒険者ランクを上げることにします」

俺はソロで受けることを諦めて、ミシェルさんにFランクの依頼を受注させて貰うことにした。

討伐系は何とでもなるので、採取依頼をしっかりとこなしておかなきゃいけない。確か十件ずつ達成がEランク冒険者に昇格《しょうかく》するための条件だったはずだ。

「ありがとうございます！　依頼は先に受けて頂いても構いませんし、討伐または採取後に依頼内容と照らし合わせて達成という形も取れますが、どうしますか？」

俺は迷わず前者を選択する。

そうして討伐依頼、採取依頼を十件ずつ受注した俺は、アリスの動向を見守った。

（さぁ、そのまま出口に向かうんだ！　俺がそこでビシッと教えてやるから！）

採取依頼は最初が肝心《かんじん》だ。事前に目的物の情報をしっかり集めなければ、時間を無駄にした俺の二の舞になってしまう。

しかしアリスはミシェルさんにしっかりと話を聞き、資料室を目指し始めた。

「何やってるのアレク！　行くわよ！」

「……はい」

冒険者としての先輩風を吹かせることに失敗した俺は、トボトボとアリスの後ろをついていった。

「はい！　これでアリスさんの冒険者ランクはDランクとなります！」

「ありがとう！　見なさいアレク！　これで貴方に並んだわよ！」

「あぁ良かったな。これで月魔草を採りに行ける」

初めてアリスと冒険者ギルドを訪れてから、三週間が経過した。

二週間前にはEランク冒険者に昇格していたのだが、アリスがどうしてもDランクになりたいと言って聞く耳を持たなかったのだ。

仕方なくそれから二週間かけてDランクに昇格した。

俺は月魔草を採りに行ければ、アリスのランクはどっちでも構わなかったのだが、隣で喜ぶアリスの顔を見ると頑張って良かったという気持ちになる。

そういえばエリック兄さんの誕生日が過ぎたが、食堂には顔を出していない。まだ顔を合わせられる程、気持ちの整理が出来ていないのだ。

「これで月魔草の採取依頼を受注出来ますが、どうしますか？」

ミシェルさんは依頼書を持ってきてカウンターの上に置く。

俺としてはいつ行っても良いのだが、月魔草の群生地《ぐんせいち》に行くには三日かかるみたいだし、馬車の手配や食事の準備などのことを考えると、すぐに出発は出来ない。

「受注だけさせてください。準備が整い次第出発します」

「分かりました！『白銀の狩人』で月魔草の採取依頼の受注処理を行います。期限は二週間ですのでお気をつけてください！」

俺とアリスはミシェルさんに一礼し、冒険者ギルドを後にする。

隣を歩くアリスは、ミシェルさんから渡されたカードをニヤニヤ見てはギュッと抱きしめていた。

俺はそんなアリスを横目に、収納袋から懐中時計《かいちゅう》を出して時刻を確認する。

昨日完了した依頼の達成報告を今朝《けさ》行ったため、今はまだ九時を過ぎたばかりだ。

「まずは馬を借りに行こう。二人なら馬車を借りるよりずっと早いはずだ」

俺がアリスにそう提案するとアリスは口を開けて驚いた表情をする。

「どうして⁉　アレクの魔法で行きましょうよ！　そっちの方が早いじゃない！」

アリスが今言った俺の魔法とは、『上級風魔法』の『飛翔《ひしょう》』という魔法だ。

この魔法は単純に言えば、魔法を行使した者が空を飛べるという何とも素敵なものである。魔力量が多い者にとっては、移動手段としてかなり重宝《ちょうほう》される魔法だ。

だが、この魔法を使って移動する者は少ない。魔力消費量がデカいというのもあるが、そもそも『上級風魔法』を取得出来ていない者の方が多いらしい。

エリック兄さんは取得していたはずだが、アリスはあまり聞いたことがないと言っていた。

なぜ俺がこの魔法を使えることを、アリスが知っているかというと……この間『上級風魔法』を取得した俺が『飛翔』を披露《ひろう》したところ、アリスが大興奮してしまい、お姫様抱《だ》っこしながら二人で空の散歩を楽しんだからだ。

「あれは魔力消費が大きいからな。短い距離なら問題ないけど、長距離の移動となると流石にキツイ」

「そうなの。あれ楽しかったのにな……」

「また暇があったらやってあげるからさ。早く馬を見に行こう」

「約束だからね!!」

俺とアリスは小指を絡ませ、指切りをする。俺とアリスの小指が離れたその瞬間、俺は何か小さなものにぶつかってしまう。

「っと」

視線を落としたその先には、汚れた服を着て煤《すす》だらけになった子供が一切れのパンを抱えていた。

「大丈夫か？」

俺はその子の肩に手を置こうとするが軽く払われてしまい、子供は路地《ろじ》の裏へと姿を消してしまった。

俺の腕を払ったその子の腕は、まるで骨と皮で出来ているかのように細く、強く握ったら折れてしまいそうだった。

「大丈夫？」

アリスが俺の顔を心配そうな顔で覗き込む。

「大丈夫、ちょっと心配になっただけ。さぁ行こう」

アリスに声をかけ、俺達は再び馬具商店を目指して歩を進めた。

王都の道を歩くこと三十分程。場所は既に王都の門の近くだ。

馬の鳴き声が聞こえてくる。すぐそこに「ローザ馬具店」と書かれた看板を見つけた。

俺とアリスは看板がぶら下がっている扉を開く。

中には様々な馬具が陳列されており、カウンターには、赤いバンダナをした頬にそばかすのある可愛らしい女性が立っていた。

「いらっしゃい！　ローザ馬具店へようこそ！　馬のことなら何でもござれだよ！」

「馬を借りたいんですが。出来れば一週間程、二人乗りが出来る馬を」

「馬の借り乗りだと一日銀貨三十枚だね！　一週間だとサービスで金貨二枚！　馬を傷つけたり殺したりしちまった場合は金貨二十枚頂くことになってんだけど大丈夫かい？」

「大丈夫です！」

「そうかい！　じゃあ金貨二十枚はここに置いていってくれ！　馬が無事に返却された時

に金貨十八枚は返すからね！」

なかなかしっかりしているな。借り逃げをさせないために初めに払わせておくのか。

俺は感心しながら、収納袋から金貨二十枚を取り出し女性に渡す。

女性は金貨の枚数を確認してから一度頷くと、「ついてきな！」と俺達を馬のいる所へと案内してくれた。

案内された場所には多くの馬がいた。小さい馬から大きな馬まで。だが今回俺達が求めているのは二人乗りが出来る馬だ。それなりに大きくなくてはならない。

女性はどんどんと奥の方へと進んでいく。奥に行くにつれて馬の大きさもどんどん大きくなり、最後には三メートルを超す程の高さの馬がいた。

「この馬ならあんた達でも乗れるよ！　うちで一番大きいサイズの馬『コヨーク』だ！」

女性が触っている馬は黒色の毛並みで筋肉隆々《りゅうりゅう》だった。

確かにこれなら俺達が乗っても大丈夫そうだが、そもそも扱えるか分からない。

俺はアリスに相談しようと横を見たが、アリスはなぜか後ろを向いており、顔をあげてぼーっと前を見つめていた。

俺はアリスの関心を奪ったものが何なのか気になり、その視線の先を見つめる。

そこにはドラゴンなのか、トカゲなのか、爬虫類《はちゅうるい》顔の二本足で立っている動物がいた。

「騎竜かい。その子は二人乗せても難《なん》なく移動出来るし、スピードもピカイチだけどね、なんてったって気性《きしょう》が荒いんだ。その子が認めたやつしか乗せないんだよ」

騎竜。確か地上を駆ける竜のことだ。資料で目にしたことがある。

馬よりも速く、百キロ走っても疲れることがないという。

俺の心はコヨークから離れ、目の前の竜に惹《ひ》きつけられていった。もうこの竜に乗るしかないと。

認めて貰うにはどうすればいいんだ。俺は悩みに悩んだ挙句《あげく》、思っていたことを口にした。

「お前かっこいいな」

そう騎竜に対して言葉をかけた。返ってくるはずもないのに、何となく通じると思ってしまったのだ。そして、その勘が当たっていたという出来事が起こる。

『そうだろう？』

別に騎竜がそう答えたわけでもなければ、俺の頭の中で聞こえたわけでもない。ただ目の前にいる騎竜がそう答えた気がした。

理由は分からなかったが、不思議と変な気はしなかった。

俺はそっと、騎竜の顔に手を伸ばす。

アリスも女性も「危ない！」と止めようとしたが、一歩遅く、俺は既に騎竜の頬に触《ふ》れていた。

騎竜はただじっと動かず、撫でさせてくれている。

「乗らせてくれるか?」

俺の言葉に返事をするかのように騎竜はグルルと鳴いた。

俺と騎竜のやり取りに女性は驚き、アリスは「この子に乗るのね!」と犬はしゃぎしていた。

「まさかその子に認められるとは思わなかったよ！　私はローザ！　馬のことなら何でも聞いて！」

「認めて貰って良かったです。俺はアレク、こっちはアリスです」

アリスはローザさんに一礼して、すぐに騎竜の元へと戻る。どうやらアリスはその子がだいぶ気に入ったらしい。

「そういえばこの子には名前はあるんですか？　出来れば呼んであげたいので」

「あるよ！　『レックス』って言う名前！　一応カッコよくつけたつもりなんだけどね」

「かっこいいじゃないですか！　一週間頼むぞレックス！」

「グルル」

俺はレックスに声をかけ、明日からの楽しい旅路《たびじ》を思い描いた。

王都を出発してから二日目のお昼。俺とアリスとレックスは昼食をとっていた。

「焼けたわよ！　レックス食べなさい！」

「グルル」

レックスのご飯担当はアリスになっている。レックスは雑食《ざっしょく》で、人間と同じ食べ物を食べられるのだが肉の方が好きらしく、ボアの肉を焼いたものが一番好きみたいだ。

アリスも昨日の夜にそれを知ってから今日の昼までずっとボアの肉を与えている。

「アリス、野菜もあげなきゃダメだよ」

「分かってるけど……可愛いんだもの！」

これはあれだな。初めて飼《か》ったペットが可愛すぎて好物ばかりあげてしまう飼い主の例だ。栄養管理をしっかりしてこそ、ペットを飼う資格があるというのに。

俺は『収納』から作り置きしておいた野菜の煮込みスープを取り出し、大きめの器に盛りつけてアリスに渡す。

「気持ちは分かるけど、レックスの体調のことも考えてやってくれ。ほら、スープだ」

「うう……ごめんねレックス」

「グルル」

アリスは泣きながらレックスに野菜スープを渡すが、それを喜んで食べるレックスの姿を見て再び明るい顔になっていた。

俺はそんなほのぼのした一人と一匹の関係を楽しみつつ、『収納』から地図を取り出す。

これはミシェルさんに教えて貰った、月魔草の群生地がある湖周辺までの地図だ。

湖の名前は『ミーリエン湖』というらしい。大きさは地図で計算すると、直径二キロ程のまぁまぁ大きい湖だ。

俺は方位磁石《ほういじしゃく》と地図を照らし合わせ進路を確認する。現在位置から南に真っすぐ向かえばあと一日程でミーリエン湖に到着するはずだ。

「レックスが食べ終えたら出発しよう。あと半日移動したら野営して、明日の朝になったら出発だ」

「分かったわ！」

アリスはレックスの頬を撫でながら、スープを勢いよく飲み干すレックスを愛でる。

レックスの背に回り騎具を取りつけ、その後は昼食の後片付けをこなし、アリス達を待った。

レックスに跨《また》がり野道を駆ける俺とアリス。

今日は俺が前に乗って手綱《たづな》を握っている。昨日一日はアリスが手綱を握って俺が後ろに座っていたのだ。なぜかって？　そんなの単純だ。

馬に乗ったことがないのに、竜に乗れるわけがないだろう。

確かに馬車の御者は出来るようになったが、馬や竜に跨るのとは別物だと昨日はっきり分かった。

昨日王都を出た直後、俺が手綱を握ったら振り落とされてしまったのだ。

それを見かねたアリスがレックスに跨り、ものの数秒で乗りこなしてしまって悲しくなった。

「アレクにも出来ないことはあるのね！」

と言っていたアリスが凄く嬉しそうな笑顔だったのを俺は忘れない。

俺だって『騎乗』のスキルを所有しているので、てっきり乗れるものだと思っていたのだが、なぜか乗りこなすまで一日かかってしまった。

そんな俺が今日はなぜ手綱を握っているのか。答えは単純で、乗れるようになりたくて練習しまくったからだ。レックスには迷惑をかけてしまった。

俺が悪いのに、『うまく乗せてあげられなくてすまない』という瞳をしたレックスに、何度謝ったことか。だがそんな俺も今やレックスと共に風を切っている。

「凄いじゃない！　一日で乗れるようになるなんて大したものよ！」

「嫌味か！　アリスは数秒で乗れたじゃないか！」

「だって私は『騎乗』の訓練をしてたもの。馬に乗るコツを知ってたから乗れたのよ」

そう言ってくれるとありがたい。

俺は八歳の頃から教育を受けていなかったので、八歳以降に学ぶ予定だったものは身についていないのだ。きっと俺の職業が『魔導士』だったら乗馬の訓練もしていたのかもしれない。

だが、異世界に来て初めての『騎乗』がレックスだったというのはいい思い出になるだろう。

暫く走っていると前方百メートル付近で『探知』スキルに複数のモンスターが引っかかった。

俺は手綱を握る力を緩め速度を少しだけ遅くする。

「アリス！　前方に複数のモンスターだ！　接敵したら飛び降りれるか？」

「行けるわ！　アレクはその位置から魔法で援護《えんご》して！」

「分かった！」

俺の返事と共に二人はそれぞれの準備に入る。

俺は右手を手綱から離し、前方へと手のひらを向ける。

アリスは腰に携えた剣を鞘から抜き、レックスの背中の上に両足をつけてしゃがみ込む。

やがて現れたモンスター達。ゴブリンライダー二体にフェザーウルフが三匹、そして奥にはゴブリンジェネラルが一体。合計六匹だ。これは地上戦をアリス一人に任せるのは流石にキツい。

「『火矢《ファイヤーアロー》！』」

俺は奥に立っていたゴブリンジェネラルに対し八本の『火矢《ファイヤーアロー》』を放つ。

こいつの『統率』があるから他のモンスターの動きが良くなるのだ。ならばその前にジェネラルをつぶしてしまえば問題ない。同時にアリスへと声をかける。

「アリス！　フェザーウルフの対処を頼む！　ゴブリンライダーは俺がやる！　レックスはそのまま安全な場所に退避《たいひ》してくれ！」

「了解！」

「グルゥ！」

俺とアリスは同時に左右へと飛び降りる。

レックスはそのままの勢いで駆け抜けていきモンスターの攻撃範囲から出る。

アリスはフェザーウルフの対処へと向かうが、同時に三匹はやはりキツイだろう。俺はゴブリンライダーを瞬殺すべく即座に魔法を放つ。

「『火球《ファイヤーボール》！』」

二体のゴブリンライダーに向かって左右別方向から『火球《ファイヤーボール》』をぶつける。勿論ゴブリンライダー達はそれを避けようと、それぞれが逆方向にジャンプしてしのぐ。

俺は着地地点を予測し、二体が直線に見える位置まで瞬時に移動する。そして両腕を前に出し魔法を放つ。

「『炎渦放射《フレイムバースト》！』」

両手から放たれた渦巻く炎は、目の前の敵に向かって進んでいく。その炎はゴブリンライダー二体を容赦なく呑み込んでいった。

炎が消えた後には灰と化した四体のモンスターの亡骸があった。

俺は急いでアリスの方を確認するが、まだ二匹のフェザーウルフと戦っている。アリスは深手とまでは言わないものの既に傷を負っていた。

俺は剣を握りアリスの後方にいるフェザーウルフ目掛けてスキルを発動する。

「『覇空切断《はくうせつだん》』！」

叫び声と共に鞘から抜いた剣は空《くう》を切り、いつかのゴブリンジェネラルと同じようにフェザーウルフの首がポトリと地に落ちる。

その後、アリスが残った一匹のフェザーウルフを倒して無事に戦闘は終了した。

俺はアリスの元に向かいながらレックスを呼ぶ。レックスは俺の声に反応してか、凄いスピードで戻ってきた。

アリスに駆け寄ると、衣服が少し裂け、血が垂れていた。

アリスは呼吸を整えると、収納袋からポーションを取り出して一気に飲み干す。暫くするとアリスの体が淡い光を発し、切り傷が癒やされていった。

「ふう。ごめんなさい、心配かけちゃって」

「いや、仕方ないさ。走っている竜の背中から飛び降りて戦闘するなんて初めての出来事だったろうし。俺ももっとアリスの方へ気を配れば良かった」

俺はそう言うと座り込んでいるアリスに手を差し出す。アリスは空《から》になった瓶を収納袋へとしまうと俺の手を掴んで立ち上がる。

気丈《きじょう》に振る舞ってはいるが、うまく戦闘をこなせなかったことに落ち込んでしまっているようだ。

「ポーションが残り一本になっちゃった。節約しないと」

「そうだな。次の戦闘からはなるべく俺が魔法で奇襲《きしゅう》するようにしてみるよ」

俺とアリスが話していると、レックスがアリスの顔に頬ずりをする。まるで『元気を出せ』と言っているかのようだ。

落ち込んでいたアリスもレックスのおかげで元気を取り戻したのか、レックスの背中に飛び乗り手綱を握る。

「さぁ行くわよ！　今度はもっとうまくやってみせるから！」

「グルゥ！」

アリスの掛け声にレックスも反応を示す。どうやら心配は無用だったようだ。

「『土壁《アースウォール》』！　よしこれで良いだろ！」

今日の野営場所に着いた俺は、両手を地面から離し、手のひらについた土を払う。

今回は『土壁《アースウォール》』を応用して大きめの家を作ってみた。家といっても簡易的《かんいてき》なもので、俺とアリスそれぞれの小部屋と、レックス用の部屋があるだけだ。

勿論、見張りは二時間おきに俺とアリスで交互に行う。もう既にミーリエン湖に近づいているため、遭遇するモンスターもゴブリン程度では済まなくなってきているのだ。

「相変わらずいつ見ても便利ね、この魔法は」

アリスがペタペタと外壁《がいへき》を触りながら感心している。便利だがあくまで奇襲を防ぐためのものであって、これがあるからといって安心して寝てはいけない。

以前の俺は『探知』スキルがあるからと高《たか》をくくっていたが、それじゃいけないと学んだ。『探知』スキルと自分の目を使って見張りをしなければ、真の冒険者とは言えない。

俺は『収納』から鍋を出し、野菜と具材を並べていく。この世界に味噌《みそ》があれば味噌汁を作ることが出来るのだが生憎《あいにく》、味噌どころか米さえ見たことがない。

俺は慣れた手つきで具材を切り、魔法で鍋に水を入れていく。本来であれば肉も入れるのだが今日は野菜メインの料理だ。

その名もキャベツとジャガイモと人参のなんちゃってクリームシチュー。王都の市場で購入したミルクと小麦粉を使って作る料理だ。

本当はコンソメなんかもあれば、もっと味にコクが出て美味しくなるのだが仕方ない。

鍋に野菜と水を少々入れたら少し茹でる。野菜が柔らかくなってきたら一旦《いったん》取り出し代わりにミルクを投入。

弱火でじっくりと加熱し軽く沸騰《ふっとう》してきたら野菜を戻して小麦粉を投入し、小麦粉がダマにならないように丁寧に混ぜる。

最後に塩とボアの肉をほんの少し入れれば肉の旨味《うまみ》が浸《し》み出たシチューが出来上がる。

「よし！　出来たぞ！」

「待ってました！　ほらレックス座りなさい！」

「グルゥ」

俺はアリスとレックスの分を器に盛り付けてアリスに手渡す。

アリスはレックスの顔の前に器を置くと、俺が自分の分を盛り付けるのを待っていてくれた。

レックスも俺の準備が終わるまで食べずにいる。

俺は『収納』からスプーンを取り出し膝の上に置くと、目を瞑《つぶ》り両手を体の前で合わせる。

「いただきます」

その言葉が合図となり、みんな一斉にシチューを食べ始める。一人二杯分くらいは作ってあるので、いつもおかわりまでが一食だ。

俺が行儀《ぎょうぎ》よく口にシチューを運んでいると、アリスから質問が飛んできた。

「ずっと気になっていたけど、アレクはなんで食事の前に『いただきます』って言うの？」

問いかけてきたアリスの表情は、心から「なぜ？」と思っているようだった。

「『いただきます』っていうのはさ、この食事の元となった野菜や肉や調味料、その全てを恵んでくれた方達に対しての、感謝の言葉なんだ。このジャガイモだって自然に出来たわけじゃない。どこかの誰かが必死に作ってくれたものを、こうやって食べることが出来るのは、いろんな人のおかげだろ？」

「……感謝の言葉」

「そう。この肉だって、ボアの命を頂戴して食べることが出来るんだ。ありがとうって感謝しなきゃいけない。あ、別にアリスに強要してるわけじゃないぞ！」

「……」

俺の言葉に、アリスは黙り込んでしまう。俺はちょっと伝え方が悪かったかなと思ってしまった。

しかし数秒後、アリスは右手に持っていたスプーンを皿の上に置き、俺の真似《まね》をして手を合わせて目を瞑った。

「いただきます」

そう言うと再びスプーンを持ってシチューを食べ始めるアリス。この日夕飯を食べ終えたアリスはなぜかいつもより美味しかったと言っていた。

翌朝、アリスに声をかけられて目を覚ました俺は、まず初めに魔法で水を出して顔を洗った。

さっぱりして外に出ると、既に朝食の準備がされていたことに俺は危険を察知する。

（これは……まずい）

外に出てきた俺に気づいたアリスは、「早く早く！」と俺を手招きする。

俺は覚悟を決めて、アリスが調理中の鍋近くに座りアルテナに祈りを捧《ささ》げた。

「おはようアレク！　実はね、早起きして朝ごはん作っておいたの！　昨日のアレクのシチューに感激《かんげき》して、私も作ってみたくなっちゃって……」

「そ、そうだったのか」

俺は目の前でグツグツと煮立《にた》っている鍋の中を見る。

もはやスープではないソレはドロドロで、色は黒という何とも摩訶《まか》不思議な存在だ。

俺とアリスには同じ景色が見えているのだろうか？　これを自分の目で見て果たして「料理」と言えるのだろうか。

もしこの世界に眼科があったなら、即刻《そっこく》アリスを診察に連れていってやりたいくらいだ。

「これはね、ボアのステーキよ！　美味しそうでしょ！」

ステーキ？

何を言っているんだこの子は。ステーキというのは厚《あつ》さ一センチから二センチ程の肉を熱々の鉄板の上で焼いた料理のことだぞ？　君の料理に焼くという工程はあったのか？

「そう、だね。ところで、味見はしてみた？」

「してないわよ！　味なんて感覚で何とかなるでしょ！　はい、召《め》し上がれ！」

終わった。俺の異世界人生は十三年で幕を閉じるのだ。

俺はアリスから受け取った器を手に持ち、スプーンでそのドロドロな液体をすくい取り、体を震わせながら口へと運ぶ。

ヴァルト、一足早いけど俺は向こうでお前が来るのを待っているよ。そう考えたのもつかの間、俺の口の中に濃厚《のうこう》な味わいが広がる。

「う、うまい！　うまいよアリス！」

「そうでしょ！　私が作ったんだもの！　当たり前よ！」

そう言いながらアリスは自分の分を盛り付けて、地面に座り込むと大きく口を開けてその液体を飲み込む。

「ブハッッ！」

その瞬間、アリスは口から液体を盛大に吐き出しのたうち回る。

「不味《まず》い不味い不味い！　不味すぎる！　こんなの体に毒だわ!!」

アリスの言葉に俺は首を傾げる。

不味いなんてことはないし、毒なわけでもない。確かに舌がピリッとする感覚はあるが、それがまた食欲をそそる。見た目が悪いからビビってしまったが、美味しさは保証出来る。

それなのにアリスは地面を這いずり回っている。俺は不思議に思っていたがあることを思い出した。

（毒って……あ、俺って確か『毒耐性』持ってたよな）

そういえばと思い、俺はステータスを確認する。

やはり俺は『毒耐性（中）』のスキルを持っていた。

もしかしたらこのスキルのおかげで、アリスの料理を美味しく食べられたのかもしれない。

ステータスから目を離すと、アリスが泣きながら立ち上がっていた。そして自ら作った料理を収納袋へとしまい、無言のままレックスの所へ歩いていく。

俺も無事に食べ終え、食器を洗い自分の『収納』へとしまうと、家を『解体』する。

ミシェルさんに言われた通り、建築物は残さないようにしなければいけない。

家の『解体』が終わると、アリスはレックスの背中に飛び乗った。

「行くわよ」

低い声でそう呟いたアリスに、俺は頷くことしか出来なかった。

それから半日かけて、ミーリエン湖の近くまで移動した。既に湖の畔《ほとり》まであと少しという所まで来ているのだが何かがおかしい。

たった今戦闘を終えたところなのだが、これで五回連続オークとの戦闘だ。

「ふぅ。オークばっかりだと飽《あ》きてきちゃうわね」

「そうだな。でもやっぱりおかしい。ここはDランク級のモンスターが棲息《せいそく》しているはずなんだ。確かにオークはDランクだけど、他にもモンスターはいるはずだ」

アリスが言った通り、湖の周辺に入ってからはオークの姿しか見当たらない。

道中まではゴブリンやウルフ、キラーアントなどと遭遇したのだが。

しかしこの光景に俺は一つ思い当たる節《ふし》がある。あの時、アイツを見つけた時もこんな状況だった。

俺は嫌な予感から『探知』スキルへの集中をより強くする。

すると、明らかに周りとは比較にならない魔力を有したモンスターがいることに気づいた。しかも俺達からそう遠くない距離にいる。

(今なら退いても間に合うな。でもアレがいなくなるとは限らない。そうなると依頼は失敗だ)

俺は顎に手を当て思考を巡らせる。

俺一人だったら、迷わず接敵して『鑑定』だけでも行っていた。未知のスキルを有している可能性もあるからだ。

だが今日はアリスもいるレックスもいる。二人を危険にさらすことは出来ない。

「一旦帰ろう」

そう二人に告げようとした瞬間、前方から直径三十センチ程の『火球《ファイヤーボール》』が三個飛来してきた。

間一髪《かんいっぱつ》のところで躱した俺達だったが、この『火球《ファイヤーボール》』のおかげでアリスも異常事態に気づいてしまった。

通常のオークであれば、魔法を放つことは不可能である。

魔法を放てるのはオークメイジか、それ以上のオーク上位種のみ。オークメイジは群《む》れることは少ないため、もし群れることがあるならそれ以上の存在がいるということだ。

俺達の目の前の林が音を立てて揺れる。

木々が倒れ、奥から現れる存在がどれだけ巨大かを物語っている。

そして俺達の目の前に現れたのは、通常のオークよりもさらに大きな体躯《たいく》のオークだった。

俺は瞬時にそのモンスターを『鑑定』にかける。

【種族】オークロード
【レベル】39
【HP】3000／3000
【魔力】450／450
【攻撃力】A＋
【防御力】A＋

【敏捷性】Ｅ－
【知力】Ｄ＋
【運】Ｅ＋
【スキル】
統率（中）
上級火魔法
物理耐性（大）
魔法耐性（中）
中級斧術

「オークロード!!」

Ｄランク級の依頼で来たというのに、まさかオーガキング級のモンスターと戦う羽目になるとは思いもしなかった。しかも二体同時にだなんて。

「ブルォォォォォ！！！」

片方のオークロードが雄たけびをあげる。

オークロードの傍にいた二体のオーク達も同じように雄たけびを上げ、俺達目掛けて突進してきた。

俺は即座に両手を地面につけて魔法を放つ。

「『人形創造《ゴーレムクリエイト》』‼」

俺は二体のゴーレムを作り出し、オーク達にぶつける。そしてアリスとレックスに向かって叫ぶ。

「逃げろ！　数が多すぎる！」

だがアリスは俺の指示を無視して剣を抜く。

しかし二体のオークとゴーレムがやり合っている間にも、二体のオークロードの後ろから続々とオークが現れる。メイジがいないところを見ると、先程の三発の『火球《ファイヤーボール》』はこのオークロードが放ったようだ。

「アリス！！！」

「いやよ！　アレクはどうするの！　流石にこの数、一人じゃ無理よ‼」

「俺には魔法がある！　それにいざとなったら『飛翔』で逃げられるんだ！　だから早く逃げろ！」

「でも……！　アレク危ない！」

アリスの声で前を向くと『火矢《ファイヤーアロー》』が飛んできていた。どうやら俺がアリスの方へ視線をやっている間に、オークロードが魔法を放っていたみたいだ。

俺は右横へと跳ぶが一本の『火矢《ファイヤーアロー》』が肩を掠《かす》める。だがその程度では俺は怯《ひる》まない。

すぐさま剣を握りスキルを発動させる。

「『剣気解放《けんきかいほう》』」

俺のスキル発動と共に、体から衝撃波が飛ぶ。衝撃波により二体のオークの体が少しよろめいたタイミングで、ゴーレム達がオークを押し倒しそのまま頭をつぶす。

だが、これで倒せたのはたったのオーク二体。前方からはまだまだオークがやってきている。

「ブルォォォォ!!」

同胞が目の前でやられたことに怒ったのか、オークロードが怒鳴り声に似た雄たけびをあげ、握りしめた巨大な斧を高らかに上げた。

その声によりオーク達の士気が高まり、周囲にいるオーク達も同じように手に持った棍《こん》棒《ぼう》を振るう。

「アレク！　こっちからも来たわ！」

アリスの声で気づくが、さらに最悪な事態が起きていた。前方だけだと思っていたが、なんと後方からもオークが現れたのだ。

これではアリスとレックスが逃げる道もない。流石にアリスとレックスを抱えての『飛翔』は速度が出ないため、オークロードの魔法を避けることが出来ない。

一瞬でも隙をつければアリス達は逃げられる。『探知』スキルで確認したが、後方からのモンスターにオークはいない。

　つまり後方にいるオーク二体を倒し道を開ければ、アリスはレックスに乗って逃げられる。

「アリス。これはお願いじゃない、リーダー命令だ。今から後方の二体を俺が倒すから、その隙にレックスに乗って逃げろ」

「なっ！　私だって――」

「アリス!!」

「……分かったわ」

「よし。三、二、一でいくぞ」

　俺は剣を右手に握りしめ数をかぞえる。

「三、二、一！　『威圧』！」

『威圧』のスキルを発動させ、全てのモンスターの動きを止める。その間に後方にいた二体のオークに向かって魔法を放つ。

「『炎渦放射《フレイムバースト》！』」

　俺から放たれた炎に呑み込まれたオークは灰と化し、そこに道が開ける。アリスはその空《あ》いた道を通ってレックスと一緒に逃げていく。

　俺はそれを見送ると、すぐに向きを変えて二体のオークロードを睨みつけた。オークロード達は気持ち悪い笑みを浮かべながらよだれを垂らしている。

「相手が一人なら余裕だと思ったのか？　……残念だったな!!」

俺は地面に両手をつき『上級火魔法』を発動する。

「燃え盛る炎よ！　我が敵を捕らえ焼き滅ぼせ！　『炎環《フレイムサークル》』」

地面から炎の壁が出現し徐々に中心へと縮小していく。オークロード以外のオーク達は炎に呑み込まれ焼け死んでいく。

しかしオークロード達は火傷《やけど》程度の傷しか負っていない。流石に殺傷《さっしょう》能力が低い魔法だとこうなってしまうのか。それともオークロードが所有している『魔法耐性（中）』のスキルが凄いのか。

理由は不明だがまぁ良いだろう。

「悪いが片方の奴の首は貰うぞ。『剛力』!!」

俺は『剛力』のスキルを発動させ、さらに『上級剣術』のスキルも発動する。

「『閃光斬《せんこうざん》』！」

発動と同時に俺の体は急加速し、目にも留まらぬ速度でオークロードの横へと移動し、その太い首目掛けて剣を振るう。剣はオークロードの首を切断し、頭が地面にポトリと落ちた。

俺は着地しながら体勢を整えようとする。しかし足が地面に触れた瞬間、俺の左腕に今まで体感したことがない程の激痛が襲った。

なんと首を斬り落としたはずのオークロードが、握りしめていた巨大な斧を俺目掛けて振っていたのだ。その結果、俺の左腕に奴の斧が食い込んだ。あまりの痛さにうずくまり叫び声をあげる。

集中を保てなくなってしまい、俺が生み出した炎の壁は、勢いを落とし静かに消えていく。

「あぁぁぁぁ!!」

俺は身悶《みもだ》えながらも即座に回復魔法を行使しようとするが、それを待つオークロードではない。

まだ首を刎ねられていない方のオークロードが、俺の腹目掛けてその巨大な右足で蹴りを入れる。

「がはっ！」

凄《すさ》まじい力で蹴られた俺は、木々をなぎ倒しながら五十メートル以上飛ばされた。内臓《ないぞう》を損傷してしまったのか吐血《とけつ》してしまう。その間にもオークロードはゆっくりと近づいてきている。

不幸中の幸いか、かなりの距離を飛ばされたので回復する時間を手に入れた。

俺は急いで回復魔法を行使し、損傷した内臓と左腕の傷を癒やす。

（よし、これで逃げられる）

俺は立ち上がりながら『飛翔』の魔法を行使して逃げようとする。

しかし頭の中でふとアルテナの言葉を思い出し、動作が止まった。入学試験前日にアルテナが俺に言った言葉。

『いずれ君の大事な人が大変な目に遭います。良くて片腕を失うか、最悪死にます』

あの時は大切な人なんていないと思っていたが今なら分かる。ヴァルトだってアリスだって俺にとって大切な存在だ。

この二人を失わないためには最低でもオーガキング三体同時に倒せるようにならなきゃいけない。

オークロードたった一体に逃げて帰っちゃ、その時が訪れた時、俺は二人を守れない。

「……やってやろうじゃねーか！」

俺は間抜《まぬ》けにもニタニタしながら歩いてくるオークロードに向かって、右手をかざし魔力をためる。一歩二歩と、俺達の距離がどんどんと近づいていく。

十五メートル程の距離になった瞬間、俺は渾身《こんしん》の魔法を放った。

「燃え盛る炎よ！　我が標的を貫け！　『炎槍《フレイムランス》』！」

魔力を込めた炎の槍がオークロードに向かって飛んでいく。

これで殺せるとは思っていない。オーガキングはゼロ距離で放ったから貫通出来たのだ。

今回の敵であるオークロードは高い防御力に加え、『魔法耐性（中）』のスキル持ちだ。

致命傷を与えることは出来ないだろう。

俺は剣を握りしめ右斜《みぎなな》め前へと走り出す。魔法がオークロードにぶつかったタイミングで死角から攻撃するためだ。もう既に『剛力』の継続《けいぞく》時間である三十秒は過ぎているため、一撃必殺の攻撃手段はない。『威圧』もまだ再発動には時間がかかる。

「ブルオオオ‼」

俺から放たれた炎の槍を避けることが出来ず被弾するオークロード。

爆炎《ばくえん》が立ち上る中、俺は『探知』スキルを発動させて相手の様子を確認する。やはり致命傷には至っていないが、大ダメージは与えられている。

俺は右足に力を込め、オークロードに向かって突っ込んだ。正確に首元を狙って剣を突き刺し、焼けただれたオークロードの腹部に手のひらを突き当て魔法を放つ。

「『火矢《ファイヤーアロー》』！」

「ブルオオオ‼」

叫び声をあげたがそれでも倒れず、オークロードは俺に向かって斧を振ってきた。

俺は後ろに跳びのき斧を回避する。爆炎が消えたそこには、致命傷と呼んでも差し支えない程の傷を負ったオークロードが立っていた。なぜあの傷で立っていられるのか分からない。

俺が立ち上がり、とどめを刺すために魔法を放とうとした瞬間、オークロードの背後からアリスが現れた。

「はぁぁぁ!!」

アリスはオークロードの首に向かって剣を突き刺す。

その攻撃によってオークロードの目からは光が失われ、バタリと音を立てて倒れた。

「はぁ、はぁ、良かった。倒せた」

アリスは肩で息をしながらそう呟く。さらにその後ろからレックスが現れ、俺の前で止まった。

自分でとどめが刺せたのに、という気持ちになったが、それよりもなぜアリス達がここにいるのかが理解出来なかった。

まぁとにもかくにも強敵を倒せたのだから、一旦落ち着いて休むことにしよう。そう思いながら剣を回収しにオークロードの元へと歩き始める。

だが、そんな俺の足を止める言葉がアリスから発せられた。

「ねぇアレク……なぜ回復魔法が使えるの？　剣も魔法も使えてその上回復魔法まで使えるなんて……貴方一体何者なの？」

俺は一瞬足を止めた後、無言のままオークロードの死骸《しがい》に向かって再び歩き始める。首に刺さった剣を引き抜き、逆の手でオークロードの体に触れながらアリスに向かって語りかけた。

「今からやることが、全ての答えだよ」

そう言い放ち、俺は『解体』スキルを発動した。

■

そこからは一瞬の出来事だった。

横たわったオークロードの死体が少し輝いたと思うと、青く光る白い玉と肉に変わり、私――アリスの足元には、ぐちょぐちょしている玉が二つ落ちていた。

「これが答え？」

私はアレクを問いただす。確かに凄い出来事だったが、アレクが回復魔法を使える理由の答えにはなっていない。

アレクは青白い玉を手に取りながら自分のステータスカードを取り出した。

「これを見て」

アレクが私に手渡してきたステータスカードには、アレクの全てが記されていた。

「なに、これ」

私は言葉を失った。一般的な成人男性のスキル数は最高でも八個程だったはず。それなのにアレクは二十六個もスキルを持っている。

さらに気になったのはエクストラスキルというものだ。こんなスキル聞いたこともない。

「よく見ててくれ」

アレクはそう言うと、手に持っていた青白い玉を体内へと取り込み始めた。

淡い光がアレクを包んだ後消え、アレクが私にステータスカードを確認するよう促す。

改めてアレクのステータスを確認すると、そこには『魔法耐性（中）』と『中級斧術』のスキルが追加されていた。よく見れば『統率』スキルも（小）から（中）に上がっており、『物理耐性』も（中）から（大）に上がっている。

「俺が今オークロードに対して発動したのが、『解体』っていうスキルなんだ。このスキルで『解体』されたモンスターは、素材と『スキル玉』っていうものに『解体』される。今俺が体に取り込んだ青白い玉が『スキル玉』で、簡単に言えばモンスターが持っていたスキルを自分のものにすることが出来る道具なんだよ」

私はアレクの言っていることがすぐには分からなかった。

勿論頭では理解している。なぜアレクがこんなにも大量にスキルを持っているかの理由も分かった。回復魔法が使えたのもこのスキルのおかげということだろう。

だけどそんなスキルがあるということが理解出来なかった。聞いたこともなかった。

だが現に今アレクはそれをやって見せた。信じがたいことだが事実なのだろう。

「凄い……スキルなのね」

「凄いだろ？　でもまぁここまで来るのは大変だったよ」

私はなんと言葉にしたら良いのか分からず、感心することしか出来ない。

やっと自分がした過《あやま》ちを見つめ直し、彼の隣を歩くことが出来ると思っていたのに、アレクは数歩、いや何十歩も先を進んでいたのだ。

ふと考えてしまう。このまま私は彼の隣にいてもいいのだろうか。彼は、自分が思うままに突き進めばきっと、この世界に名を轟《とどろ》かせ、文字通り『英雄』になれるかもしれない。

そんなもやもやする気持ちを振り払うかのように、私は足元に落ちている、ぐちょぐちょの玉を拾いあげアレクに話しかけた。

「じゃあこれもスキル玉？　なんか臭いけど」

アレクは不思議そうな顔をして、私が手に持っている玉を見つめる。

そして大きく目を見開き、「落ち着いて聞きなさい」と前置きをしてから告げた。

「それは……オークロードの睾丸だ」

「睾丸？」

私は手に持っている玉を見つめる。……睾丸？

私の視界は真っ暗になり、私は意識を失った。

アリスが意識を失ってから五時間程が経過した。時刻は夕方の十六時を過ぎたあたり。

太陽は沈みかけ、湖周辺に静けさが訪れる。

俺——アレクはレックスにアリスを乗せて、モンスターがいない所まで移動した。

どうやらオークロードを討伐したことで湖周辺の環境《かんきょう》が正常に戻ったらしく、オークの数は激減《げきげん》していた。

今は湖の畔で小屋を建てて周囲を『土壁《アースウォール》』で覆い、さらにゴーレムに警備を任せている状態だ。

アリスには小屋の中に置いたベッドで眠っている。

俺は夕食の準備を終わらせ、レックスの寝床を準備していた。

「ありがとうな、レックス。おかげで助かったよ」

「グルゥ」

レックスに労《ねぎら》いの言葉をかけながら騎乗具を取り外す。今日はたくさん走ったからしっかり休んで貰おう。

そう思ってレックス用の小屋へと向かい、地面に大量の藁《わら》を敷いてやる。レックスも疲れていたのかフカフカの藁の上に横になると、目を閉じて眠ってしまった。

レックス用の小屋から出るとアリスが目を覚ましていて、鍋の周りへ置いておいた丸太に座っていた。

俺に気づいたアリスは、恥ずかしそうな顔をして下を向いてしまう。きっと睾丸を持ってしまったことを気にしているのだろう。ここはあえて何も言わないのが男ってもんだ。

「起きたのか。気分はどうだ？」

「まぁまぁよ。……だいぶ寝ちゃったみたいね」

「五時間くらいかな。ご飯食べるか？」

「頂くわ」

俺はアリスの右隣へ座ると『収納』から二人分の器とスプーンを取り出しスープを盛った。アリスの分を渡し、俺達は手を合わせる。

「「いただきます」」

食前の儀式が終わると俺達はゆっくりとスープを口に入れ始める。そしてアリスの皿が空《から》になった時、アリスは俺の顔をじっと見つめて話しかけてきた。

「アレクはいつからそのスキルが使えたの？」

「八歳を過ぎたあたりだよ。『鑑定の儀』が終わって、領地に帰ってから山に行ってスライムを倒したんだ。その時に初めてスキルを使ったんだよ」

「スライム？　なんのスキルを貰えたの？」

「正確にはブルースライムっていう名前だったけど。そいつからは『初級水魔法』のスキルを手に入れたんだ」

こうして俺とアリスは昔話に花を咲《さ》かせた。どうやって魔法を使ったのか。モンスターからどんなスキルが手に入るのか。

オーガキングを倒した時の話をしたら流石に危険すぎると怒られた。一通り俺の話が終わると、アリスは悲しい目をしながら問いかけてきた。

「そんな力があったのなら、なぜ家族に打ち明けなかったの？　アレクの力があれば職業が何であれきっと家督を継げたはずよ？」

「そうだな。確かに貴族の地位が惜しくなかったと言えば嘘になるけど、俺はカールストン家を継ぐのが嫌になったんだよ。俺の力を父上が利用するのは目に見えていたし。そうなるなら平民になった方が楽だなって」

俺は自らの内に秘めていたことをアリスに打ち明けた。

この世界に転生し貴族の子息として誕生した時、俺はこの身分のまま生きていくのも悪くない、そう思っていた。だが父上の振る舞いや「職業」で差別する様子を見て、カールストン家の人間として生きていくのが嫌になった。

勿論この世界で楽しく過ごすためにはある程度の地位が必要なことは分かっている。でも、それと天秤《てんびん》にかけても、父と関係を持つことが耐えられなかった。

「そうだったのね」

アリスは俺の内に秘めた思いを聞いて、何を思ったのか再び下を向いてしまった。俺はもう一つ、ずっと胸にしまっていたことをアリスに告げようか迷っていた。

それは俺の契約者になって欲しいということ。

今日の戦闘で理解したが、俺はさらに高みを目指さなければならない。

そのためにも契約者の存在は大きい。一度の戦闘で得られるスキル玉の数が単純に倍になるのだ。

今までよりも、もっと効率よくスキル玉を集めることが出来る。それにアリスならきっと誰にも言わないだろうし。

俺が危惧《きぐ》しているのは、俺のスキルの内容が他人に知られてしまい悪用されることだ。現在のスキルでは契約者であればスキル玉を使用することが出来る。つまり誰でもスキルを増やせるのだ。

もし悪人がこれを使ったらと考えると、安易に他人に話すことは出来ない。その点アリスならきっと大丈夫だ。

俺は覚悟を決めてアリスに話を持ちかける。

「アリスに聞いて欲しいことがあるんだ」

「聞いて欲しいこと？」

「俺の『解体』スキルにはもう一つ特性があるんだ。詳《くわ》しくは分からないんだけど、『契約者』

と呼ばれる存在を作ると、モンスターから得られるスキル玉の数が増えるらしい。加えてスキル玉を契約者に使用することも出来る。だから、アリスに俺の契約者になって貰いたいんだ」

俺が話し終えると、アリスは肘《ひじ》を膝について、体を縮《ちぢ》こまらせながら火を眺《なが》めていた。アリスなりに何かを考えているみたいだ。俺は返事を待ちながら空を見上げる。

既に日は完全に沈み、空には月が昇《のぼ》り星々が輝いていた。

それから数十分と長い間黙っていたアリスが、顔をこちらに向けて重い口を開いた。

「良いわ。契約者とやらになってあげる」

「本当か！　ありがとう！」

アリスの返事に俺は思わず大声を出してしまい、アリスの両肩に手を置く。

しかしアリスは、なぜかぎこちない表情のまま作り笑いを浮かべて続きを口にした。

「それがアレクのためになるなら喜んでする。でも、スキル玉は私に使わなくていいわ。受け取る資格は私にはないから」

そう言って口を閉じると、アリスは夜空を見上げた。俺もつられて上を見る。

「月が……いえ何でもないわ」

アリスは何かを言おうとして言葉を呑み込んでしまった。

「月が」と聞いた俺は夜空で輝く月を見つめる。半身が欠け、その姿を懸命《けんめい》にこの世界に示そうとしている朧《おぼろ》な三日月。その姿から俺はあるものを思い出し、『収納』からそれを取り出した。

アリスの誕生日プレゼントに買った三日月のネックレス。俺は月を見つめるアリスに話しかける。

「アリス、ちょっといいか？」

「なに？」

アリスは月を見つめたまま返事をする。その姿はまるで今夜の月と見間違えてしまうかのように朧だった。

俺はアリスの頭に手を置いて強引に顔の向きを変えさせる。そしてアリスの手を取り、ネックレスが入った箱を握らせた。

「なに、これ」

「ずっと渡せなかったけど、あれだ。……十三歳の誕生日おめでとう。それプレゼント」

俺は照れながらアリスに告げる。いつか渡そうと思っていたがなかなか機会がなかったプレゼントをようやく渡すことが出来た。アリスは少し嬉しそうに返事をする。

「ありがとう。開けてもいいかしら？」

「どうぞ。大したものじゃないけど」

アリスは丁寧に包装《ほうそう》を解いていき箱を開く。

ネックレスを見たアリスは頬を赤く染めながらそれをゆっくりと手に取った。

「綺麗ね……」

そう言って愛おしそうにネックレスを見つめるアリス。そんなに大事そうにされると俺の方も照れてしまう。

暫くの間ネックレスを眺めていたアリスだったが、俺に向かってお願いをしてきた。

「ねぇアレク。つけてくれない？」

「はぁ？　自分でつけろよ！」

「いいじゃない。ダメかしら？」

「はぁ……分かったよ。ほら、貸して」

アリスからネックレスを受け取った俺はアリスの首の後ろに手を持っていき、ネックレスの留め具をはめる。アリスの長い髪が引っかからないように丁寧に持ち上げて、ネックレスの位置を正す。

アリスは自分の首元に現れた光輝く三日月の石を、優しく手のひらに乗せてそっと撫でる。

先程までの表情とは打って変わって本当に幸せそうだ。そしてアリスは頬を染めながら顔をあげ、小さな声でポツリと呟いた。

「月が……綺麗ね」

アリスの言葉に俺もクスッと笑い、顔をあげて月を眺める。まさかこの世界に来てこのセリフを聞くことになるとは思わなかった。

確かＯＫの返事をする時は「死んでもいい」とかだった気がする。まぁどちらにせよ、こちらの世界ではそんな意味は持たないだろう。

アリスはきっと単純に月が綺麗だと思ったからそう呟いたに違いない。俺は、今のこの状況で見る月だからいつもよりも綺麗に見えるんだと思う。

「そうだな。いつもより綺麗に見えるよ」

俺がそう答えるとアリスはビクッと体を震わせ何かぼそぼそと喋りながらうつむいてしまった。

二人を照らす朧な三日月。その明かりは暗闇に包まれた地上を優しく照らしている。だが、数分後には雲に隠れてしまうのだった。

アリスと共に三日月を見た夜から三日が経過した。俺とアリスはミーリエン湖で月魔草を採取した後、王都に向けて出発した。

アリスとはあの夜に「契約」を完了させており、晴れてアリスは俺の契約者となった。

どうやって契約したのかというと、改めて契約者になって欲しいと俺が口にし、アリスが了承《りょうしょう》の返事をする。ただそれだけである。特別な儀式などは執《と》り行わなかった。

そうするとステータスに【契約者】という欄が増えており、そこにアリス・ラドフォードと記載されていた。そして道中、遭遇したモンスター達からスキル玉が二個入手出来ることが確認出来た。

あとは俺が一人で行動している時もこの効果が発揮《はっき》されるかどうかが問題だ。常にアリスといられるわけではないからな。

そしてアリスは宣言していた通り、自分の分のスキル玉を使うことはなかった。「アレクに使って欲しい」と言われたため、仕方なく今は俺が使っている。

本来であればアリスにも回復魔法や攻撃魔法を覚えて貰いたいのだが。アリスが拒否《きょひ》している以上、俺は強要するつもりはない。もしアリスが使いたいという気持ちになれば、その時に使ってやればいいと思っている。

「そろそろ着くわよ！」

レックスの手綱を握るアリスが後ろに座っている俺に聞こえるように叫ぶ。もう少しで王都に到着する。そうしたらレックスともお別れだ。

寂《さび》しい気もするが、今後は積極的《せっきょくてき》に利用すれば良いことだ。そう思いながらレックスの背中を優しく撫でる。

「グルルゥ」

俺に撫でられたレックスは走りながらも嬉しそうに鳴き声をあげた。

無事に王都に帰還した俺とアリスは、レックスを返却しにローザ馬具店に訪れていた。

「怪我もないようだし大丈夫みたいだね！　それじゃ金貨は返却するよ！」

ローザさんはレックスの状態を確認し終えると金貨十八枚が入った袋を俺に返してくれた。

そしてレックスの手綱を握り、馬小屋へと去っていく。俺とアリスはレックスに手を振り別れを告げて、ローザ馬具店を後にした。

「これでギルドに行って、依頼達成の報告と月魔草の納品をすれば無事に依頼完了ね！」

「そうだな。一応ミーリエン湖の状況についても報告しないといけないから、時間がかかるかもしれないけど」

「そうよね。はぁー早く帰ってお風呂に入りたいわ。体がベトベトよ」

「だから俺特製の土風呂に入れって言ったのに」

「嫌よ！　い、いくらアレクだからってまだ素肌を見せるには早いもの！」

「誰も覗かないって！」

くだらない話をしているとギルドに到着した。夕方ということもあり依頼を完了した者達の報告でギルドは賑《にぎ》わっていた。

酒を飲む者や言い合いをしている者などたくさんの人々がいる。ただ王都のギルドということもあり、無駄にちょっかいを出されることはない。俺とアリスは受付に出来ている列に並び、順番が来るのを待った。

　それから順番が回ってきたのは三十分後だった。空《あ》いた受付へと向かい依頼達成の報告をする。今回の受付はミシェルさんだった。アイツじゃなくて良かったと心の底から思う。

「アレクさんアリスさんお疲れ様です！　依頼達成の報告ですね？」

「ミシェルさんもお疲れ様です。月魔草の採取依頼の達成報告に来ました。これが月魔草です」

　そう言って俺は収納袋から月魔草を取り出し、カウンターの上に置く。

　ギルド内にあった資料でおススメの採取方法で採ってきたため状態は良好のはずだ。ミシェルさんは俺が置いた月魔草を一本一本丁寧に確認していく。

　相当な数を採ってきたので確認にはかなりの時間を要してしまった。無事に数え終えたミシェルさんは報酬《ほうしゅう》用の袋を取り出し、カウンターの上に置く。

「無事に確認が取れました！　月魔草が合計百本ありましたので金貨百枚の報酬になります！　お確かめください！」

「ありがとうございます。アリス悪いけど確認を頼む」

「分かったわ！」

　俺は受け取った袋をアリスに渡すと、ミーリエン湖で発生していた状況についてミシェルさんに話し始めた。

「それともう一つ報告があります。月魔草の群生地であるミーリエン湖ですが、オークが異常発生していました。他のDランク級モンスターが一匹もおらず、生態系が崩れているようです」

「ほ、本当ですか！　確かにミーリエン湖にはオークも棲息していますが、主なモンスターはダイヤウルフやキラークイーンなどのはずです。一体なぜそんなことが……」

「俺も不思議に思ったのですが、多分原因はオークロードだと思います。二体が行動を共にしていて、周りにも大勢のオークがいましたから」

「な!!　オークロードですって！！！」

俺の言葉を聞いたミシェルさんは大声をあげた。周りにいた冒険者やギルド関係者達もその声を聞いて騒ぎ始める。

「お、オークロードだって？　嘘だろ！　どこにいたんだよ！」

「王都周辺か!?　Aランク冒険者はいないのか！」

ギルド内は騒然《そうぜん》となり、泣きだしてしまう女性までいた。確かに女性からしたらオークロードなんて最悪のモンスターだもんな。

だが安心して欲しい。既にオークロード二体は俺とアリスが倒しているのだから。俺は決め顔でミシェルさん、ミシェルさんに告げる。

「ミシェルさん、安心してください。オーク――」

「安心出来るわけないじゃないですか!! お二人ともよく無事で帰ってこれましたね!!」

ミシェルさんは俺の両肩を掴みグワングワン揺する。俺はミシェルさんの勢いに負けて倒したことを言い出せずにいた。

そんな時アリスから声がかかる。アリスが伝えてくれればこの騒ぎは収まるかもしれない。

「ちゃんと金貨百枚あったわよ。はい!」

「真面目か!」

俺がアリスにツッコミを入れていると、受付の奥から一人の女性が歩いてきた。眼鏡をかけたスラッとした女性で如何《いか》にも仕事が出来そうな人だ。

女性は俺達がいるカウンターまで来ると、ミシェルさんの肩をポンと叩き声をかけた。

「落ち着きなさい、ミシェル。オークロードが出たという話は本当なのか?」

「ギルドマスター! そうなんです! こちらのお二人がミーリエン湖周辺でオークロードを目撃したそうなんです! それも二体も!」

ミシェルさんは後ろに振り向き、慌てながらもギルドマスターと呼んだ女性の問いに答える。

ギルドマスターはミシェルさんの返事を聞き俺とアリスの方に顔を向ける。

「貴方達がオークロードを目撃した冒険者か。確認させて欲しいのだけど、なぜオークロードと分かったんだ？　まさかその年でオークロードに会うのは二度目とかいうことはないだろう？」

ギルドマスターは冷静に俺達に質問をしてくる。

『鑑定』したからと言えればいいのだが、なんて答えたらいいのだろう。

俺がすぐに返事をしないことに違和感を覚えたのか、ギルドマスターは『真偽の水晶』を取り出した。

俺はそれを見て、『鑑定』のことを隠しなおかつ嘘にはならないように答えた。

「方法は秘密ですが、オークロードと確認する術《すべ》を持っていたからです」

俺の言葉に『真偽の水晶』は青白く光った。嘘をついていないのだから当たり前だ。

周囲の人間も俺達の様子を見守っていたのか、水晶の色を見て騒ぎは一段と大きなものになる。

水晶の結果を見たギルドマスターは一瞬険《けわ》しい表情になったものの、すぐに冷静な表情に戻り俺達に労いの言葉をかけてくれた。

「真偽の確認は取れた。確認方法の件は置いておいて、まずは君達二人が無事に帰ってきてくれたことに感謝する。そのおかげで即行動に移れる」

そう言うとギルドマスターは右手を掲《かか》げて大きな声で宣言をした。

「緊急《きんきゅう》事態宣言だ！　ミーリエン湖周辺でオークロードが目撃された！　このままオーク

が増加すれば、近隣《きんりん》の村だけではなく王都にまで被害が及ぶ可能性がある！　そのためオークロード討伐隊を編成する！　冒険者ランクB以上の者は強制参加！　A以上の者は作戦会議に出席して貰うぞ‼」

ギルドマスターの発言によりギルド内はますます騒がしくなる。

ギルド関係者の人達も慌ただしく動き始め、討伐隊の編成に向けて行動を開始していた。

だがそんなことはしなくてもいいのだ。オークロードは既に俺とアリスによって討伐されているのだから。

しかしここまで騒ぎになってしまうと言い出しにくいものがある。

ここで堂々と言い出したものなら注目の的《まと》になってしまう。別に嫌なわけではないが、ちょっぴり恥ずかしいのだ。俺はそっとミシェルさんに話しかける。

「ミシェルさん、あの……」

「あ、すみません！　他に何かご用件はありますか？」

「用件というか、オークロードに関してなんですけど……」

「あ、そうでしたね！　Aランク級以上のモンスターの目撃情報は報酬が出る決まりですから！　ちょっとお待ちください！」

「いや、そうじゃなくてですね……もう討伐してあるんです」

カウンターの下に潜り、何か書類を探していたミシェルさんに向かって事実を告げる。

数秒の間沈黙《ちんもく》が続き、ゆっくりと顔をあげたミシェルさんは小さな声で呟いた。

「……本当ですか？」

「……本当です」

俺が返事をした後、ミシェルさんはギルドマスターが置いていった『真偽の水晶』を見つめる。反応は変わらず赤く光ることはなかった。

その結果を確認したミシェルさんは振り返って大声で叫んだ。

「ギルドマスター！！！」


「──先程は悪かったね。ミシェルのせいで騒ぎになってしまって」

「いえ、大丈夫です」

現在俺とアリスはギルドマスターの部屋にいる。ミシェルさんが叫んだことで、この部屋に連行されたのだ。

なぜかあの場では討伐したことを伏《ふ》せて、ひっそりと連れ出された。

「それでオークロードを討伐したという話だけど、倒したのは一体か？　それとも両方か？」

「二体ともです。一応オークロードの睾丸を対の状態で採ってきたので、確認して貰えば分かると思います」

そう言って俺は収納袋から、オークロードの睾丸を四つ取り出した。

アリスはそれを見て隣で吐きそうな顔をしている。自分がコレを触ってしまった事実を、いまだに受け入れられないようだ。

ギルドマスターの机の上に睾丸を置いて俺はアリスの隣へと座り直す。

ギルドマスターは『鑑定』用の器具を取り出して、睾丸を手に取り『鑑定』を始めた。

俺は綺麗な女性が表情を変えることなく睾丸を手に取る様子に、なぜか股間《こかん》がヒュンとなった。

「……間違いない。これはオークロードの睾丸だ」

そう言って睾丸を机の上に置いたギルドマスターは深く息を吐いて椅子にもたれかかった。険しかった表情も安堵の色に変わり、目つきも優しくなる。

「聞きたいことは山程あるのだが、先にお礼を言わせてくれ。ありがとう。貴方達『白銀の狩人』のおかげで被害が出ることはなくなった」

「自分達の身を守ったまでです。倒せたのは本当に運が良かったと思っています」

返事を聞いたギルドマスターは俺の心の内を覗くかのように、じっと目を見つめてくる。

そして深いため息をついた後、ミシェルさんに伝令を頼んだ。

「ミシェル。緊急事態宣言は解除する。討伐隊も調査隊に切り替えてくれ。貴方達二人はもう少し残って貰えるか？　話を聞かせて貰いたい」

「分かりました！」

ミシェルさんは大きく返事をするとギルドマスター室を出ていき、部屋の中には二人だけとなった。

「さて、何から聞くとするか。まず、どうやってオークロードと判断することが出来たのか教えて貰うとしよう」

「先程も言いましたが秘密です」

「どうしても教えて貰えないのか？　もしその方法が分かれば正確な情報を共有出来ることになる。冒険者達の被害を減らすことが出来るんだ」

「申し訳ありません。お話しすることは出来ません」

懇願《こんがん》されたところで無理なものは無理だ。俺はギルドマスターに向かって頭を下げる。

するとギルドマスターは椅子から立ち上がり、自分の上着《うわぎ》のボタンを外し始めたのだ。ボタンで押さえつけられていた二つのお山が解放される。

俺は何とかそのお山から目を逸らすものの、不思議な力でも働いているかのように、その山々と谷間に吸い寄せられていく。

母なる大地を彷彿《ほうふつ》させるそのお山は、優しく揺れ動いていた。

「アレク？」

しかしギリギリのところで、隣から聞こえてきたドスの利《き》いた声により、俺は正気《しょうき》に戻る。

ちらりと声のした方へ目を向けると、アリスが満面の笑みを浮かべて俺のことを見ていた。

俺にはその笑顔の向こうに、オーガキングの姿が見えていた。

俺は両頬を叩き、気持ちを切り替えてもう一度断《ことわ》る。

「本当に申し訳ありませんが、お教えするつもりはありません」

返事を聞いたギルドマスターは、俺の意志が固いことを察したのか、服のボタンを閉めると椅子に掛け直した。そうして残念そうな顔をした後、次の話題へと移る。

「オークロードと判断した方法については、仕方がないが諦めるとしよう。本題はどうやってオークロードを倒したかだ。君達はDランクになったばかりだと聞いている。そんな君達がどうやってAランク級モンスターを倒したのかご教授《きょうじゅ》願いたい」

「分かりました。順を追って説明させて頂きます」

俺は戦闘内容なら話しても問題ないと思い、一から話していった。

勿論『解体』スキルに関しては話さない。『上級火魔法』と『上級剣術』により討伐したと話す。

一体の首を刎ねたのは俺だが、もう一体にとどめを刺したのはアリスだ。

そこも正確に伝えておいた。

「話は分かった。『真偽の水晶』が反応を示さないということは、君の話は全て本当なのだろう。だがそうなってくると君達、いやアレクのランクを上げなければいけない」

「なぜですか？　別に上げる必要はないと思うんですけど。Cランクの昇格試験は一応受験申請をしていますし。アリスと一緒に受けようと思っていたのですが」

「そこが問題なんだよ。君はモンスター相手ならAランク級であっても討伐することが出来る。しかし人を殺した経験がない以上、Cランク以上の冒険者資格を与えることは出来ない。だが現在、Aランク以上の冒険者が不足しているのも事実で、有事の際に指名出来る人間がいない状況なんだ」

ギルドマスターの言いたいことは理解出来た。先程の出来事のように、Aランク級モンスターが出た時に討伐隊を組むことが容易ではない、ということだ。

なら俺のランクを上げればいい話なのだが、ギルドの仕組み的にそう簡単にはいかないのだろう。

「もし不都合があるのであれば、特例としてモンスター討伐の依頼時のみ、Aランク冒険者として扱うことにすれば良いのではないでしょうか？」

「そうする予定だ。だがそうなると、君はAランク冒険者としての権利を行使することが出来ない。例えば税金の一部免除《めんじょ》、ギルド施設使用料の免除、依頼報酬量の上乗《うわの》せ等だ。正規《せいき》のAランク冒険者達と同等には扱えないからな。そして残念ながら、君はこれを拒むことは出来ない。慢性的《まんせいてき》な冒険者不足なのでな」

説明を終えると、ギルドマスターは深々と頭を下げた。理不尽《りふじん》なお願いをしていること は本人も分かっているのだろう。

確かに税金の一部免除だったり他の権利は羨《うらや》ましいけど、俺は現在金に困っているわけ ではない。

それに、実質、正規のAランク冒険者として認められれば今のところは問題ないわけだ し、後々、昇格試験に合格すれば済むことだ。俺は軽く頷き承諾をする。

「分かりました。それで構いません」

「ありがとう。アリス様は申し訳ありませんが、Dランクのままになります。Cランク昇 格試験への受験資格を得られましたら是非試験を受けてください」

「分かったわ」

俺は今の会話で疑問が浮かんだ。なぜギルドマスターはアリスのことを、敬称《けいしょう》つきで呼 んだのだろうか。アリスと一緒に行動していても、ラドフォード家の令嬢と気づく者はい なかった。

ミシェルさんにはステータスカードを見せているし、そのせいかもしれないな。

しかし俺の予想は外れることとなる。

「そういえば自己紹介がまだだったな。私は冒険者ギルド本部、ギルドマスターのヘレナ・

ディシリカだ。一応、ディシリカ伯爵家《はくしゃくけ》の長女である。今後ともよろしく頼む」

そう言って、ギルドマスターもといヘレナさんは軽く頭を下げた。

伯爵家の人なら、パーティーでアリスと顔を合わせたことがあってもおかしくない。だからアリスを様づけで呼んだのか。

「さて、今回の件についての話は以上になる。オークロードの睾丸についてだが買取はこちらで行っても大丈夫か？　査定《さてい》にかかる時間も考慮《こうりょ》して明後日《あさって》の朝十時頃に受け取りに来て欲しい」

自己紹介を終えたヘレナさんは、机の上に置かれた睾丸を指さして俺に尋ねる。

適正価格で買い取って貰えるなら問題ないので、俺は二つ返事で了承した。

「分かりました。それじゃあ明後日に買取金を貰いに来ます」

そうヘレナさんに告げ一礼し、部屋を出る。ギルドマスター室を後にして受付に歩いていくと、騒ぎは少し収まっていた。窓から外を眺めると、既に日は沈み月が昇っている。

「ふぅー。今日はなんだか疲れたな」

「そうね。まさかこんなに大騒ぎになるなんて」

「まぁヘレナさんのおかげで騒ぎが収まって良かったよ」

俺とアリスは自分の肩を揉《も》む。肩こりがこの年齢で来るなんて思いもしなかった。

そうしてギルドから出た俺達は、明日からの予定について話を進める。

「明日は一日休みにしようか。それで明後日は時計台の前に朝十時に集合で」

「了解。はぁー早く体を綺麗にしたいわ」

アリスは自身の肩口に顔を寄せ、クンクンと匂いを嗅ぐ。相当不快だったのか顔をしかめて「うぇー」と言っていた。その胸元には、俺のあげたネックレスがキラキラと光っている。

「それじゃあ帰るとするか。屋敷まで送るよ」

「悪いわね」

そう言いつつも、どこか嬉しそうな顔をするアリス。

屋敷までの道のりは長いようで短かった。

「はぁ。アリスが帰ってくるまでどうするかー」

そう呟きながらギルドへの道を歩いていく。

今日は王都に帰還してから二日目。現在俺はオークロードの睾丸の買取金を貰いにギルドに向かって一人で歩いている。

今日アリスが来ることはない。というか今日から約二か月半の間、アリスはラドフォード家の本邸《ほんてい》に帰省《きせい》している。

昨日は久しぶりにネフィリア先生の講義に出席した。

アリスの冒険者ランク上げや月魔草の依頼を受けていたことから、久しぶりに顔を合わせたのだが、ネフィリア先生は俺の顔を見た途端号泣した。俺の姿が見えなかったため嫌われたと思ったらしい。

そして寮に帰ってきた俺を、部屋の前でアリスが待っていた。どうやら、アリスが洗脳されていたことが、俺が学園に事実を告げた直後に、早馬でアリスの両親へ伝わったらしい。

その結果アリスの母親がアリスの身を案じ、せめて夏休み中は王都から距離を取らせると言って、迎えを寄こしていたそうなのだ。

アリスは悔しそうな顔をしていたが、少しの間の辛抱《しんぼう》だと言って我慢させた。

「まぁ試したいこともあるしいくらでも暇はつぶせるけど」

アリスが契約者になってから試したいことも増えた。

本来は、アリスにスキル玉を使用して貰ってその効果を試したいのだが、アリスが拒んでいる以上それは出来ない。

だから試すのは、契約者と距離が離れていてもスキル玉は契約者分も増えるのかということだ。

「学園でダンジョンに潜ってもいいけど、Eランクダンジョンはアリスと攻略したいからな。夏休みが明けるまでは外での活動に精力を注ぐとしよう」

そう呟きながら、ギルドの扉を開く。

受付に向かい、買取専用のコーナーにいたお姉さんに話しかける。

心なしか、周囲の人達にジロジロ見られているような気もする。俺は早く済ませて貰うために、返事を聞く間もなく冒険者カードを受付のカウンターの上へ置いた。

「おはようございます。買取金の受け取りに来たんですけど」

「おはようございます！　買取金の受け取りですね！　冒険者カードを確認させて頂きます！」

俺の冒険者カードを手に取ったお姉さんは、カードに記載された俺の名前を見て表情を一変させた。そしてカードと俺を交互に見たかと思うと、受付から出てきた。

「アレク様ですね。買取金の受け渡しは別室で行うとギルドマスターから言伝《ことづて》されております。ご案内いたしますのでついてきてください」

そう言ってお姉さんは歩き始める。俺はお姉さんに案内されるがまま、廊下を歩いていく。

またギルドマスターの部屋に連れていかれるのかと思っていたが、着いた先の部屋の扉には「第一会議室」とプレートが貼《は》られていた。

扉の前に立ったお姉さんがノックをし、部屋の中にいる人に向けて声をかける。

「失礼します。アレク様がいらっしゃいました」

「そうか。入ってくれ」

中からヘレナさんの声がして、お姉さんが扉を開ける。

部屋へ入ると、そこにはヘレナさんの他に男女が四人座っていた。

ライオネル先生のような筋肉モリモリの男性と、大きな盾を傍に置いている男性。

そして如何《いか》にも魔女といった風貌《ふうぼう》のグラマーな女性と、綺麗な鎧に身を包んだ金髪の女性だ。

「こいつが二体のオークロードを一人で倒したってヤツか？」

筋肉ムキムキさんが、俺を親指でさしながらヘレナさんに問いかけた。

それに対しヘレナさんは頷きながら「そうだ」と答える。

俺は何が起きてるのかさっぱり分からず、部屋の入り口で棒立ちになった。

「そいつはすげーな！　こんなガキだとは思わなかったぜ！」

「ガキは失礼じゃないかな、オルヴァ」

「ガハハハッ！　ミリオの言う通りだ！　すまなかったな、坊主！」

ガキも坊主も俺からしたら何も変わらないのだが。

というか、そんなことよりこの状況を説明して欲しい。

俺は買取金の受け取りに来ただけなのに、なぜ大人五人に凝視されなきゃいけないんだ。

すると、ヘレナさんが俺に向かって椅子に座るように指示してきた。

座れと言われても座る椅子がないのだが、どこに座ればいいのだ。

俺が困っていると、鎧を着た女性が横に詰めてくれて少し空《あ》いたので、その女性の隣に座った。

女性は近くで見るとかなりの美形で、透《す》き通った青い目に白い肌、まるで人形のようだ。

「今日は集まってくれてありがとう。アレクには伝え忘れていたが、これからミーリエン湖に派遣《はけん》する調査隊についての会議を行う。『蒼龍の翼』が主力となり調査隊を率《ひき》いて欲しい。アレクは現地にて現場調査の担当を頼む。万が一を想定して、帯同《たいどう》する冒険者はBランク以上とするつもりだ」

ヘレナさんが話し終えると、ミリオと呼ばれていた男性が俺に話しかけてきた。

「ということで、まずは自己紹介から始めようか。ギルドマスターが言っていたように、僕達がAランクパーティー『蒼龍の翼』だ。僕がリーダーのミリオ。職業は重騎士で前衛を担当している」

重騎士のミリオさんか。確かライオネル先生の職業は重戦士だったはず。

重騎士と重戦士ではどう違うのだろうか。スキルやメインとなる武器が違うのかもしれないな。

ミリオさんの紹介が終わると肌肉ムキムキさんがポーズを決めた。

「俺の名前はオルヴァだ！　職業は重戦士！　難しいことはよく分からんが俺は強いぞ!!」

オルヴァさんは重戦士か。重戦士の人は筋肉モリモリマッチョマンになる宿命なのだろうか。

そう考えると、自分の職業が重戦士じゃなくて良かったと思う。

「私の名前はキリカよ。職業は魔術師。貴方も魔法が使えるんですってね。是非一度見せて貰いたいわ」

魔術師のお姉さんはキリカさん。如何《いか》にもっていう感じの帽子と服が、ボンキュッボンのスタイルをより引き立たせている。キリカさんは腰に豪華な装飾を施した杖を携えていた。

キリカさんの自己紹介が終わると、暫しの沈黙が下りる。

そして、俺の隣に座っていた女性がゆっくりと体を俺の方へ向けた。

「……ユミル。……軽騎士。……よろしく」

最後に自己紹介してくれたのは俺の隣に座ったユミルさん。小さな声で話し終えると、左手をそっと俺の前に出してくれた。俺は照れながらもその手を取って握手をする。

「よろしくお願いします」

「……ん。……つぎ……きみ」

そう言って手を放したユミルさんは、じっと俺の目を見つめてきた。

こんな綺麗な人に見つめられながら自己紹介とか恥ずかしすぎる。俺はオルヴァさんの筋肉に視線を移して、自己紹介を始めた。

「皆さん初めまして、アレクと申します。職業は『解体屋』で、戦闘は魔法と剣どちらもこなせます。お役に立てるよう頑張りますのでよろしくお願いします」

そう言いながら軽く頭を下げる。ヘレナさんや『蒼龍の翼』の方々は珍しい者を見るかのような目つきで俺を見てきた。

多分『解体屋』という職業が気になっているのだろう。案の定リーダーのミリオさんから職業について尋ねられた。

「『解体屋』なんて職業初めて聞いたよ。剣と魔法を使えると言ったけどどの程度なのかな？」

「魔法は火と土をメインに使っています。一応どちらも上級です。剣も『上級剣術』を使えます」

俺は自分のスキルについて嘘にならないように答えた。

本当は水も風も上級魔法まで使えるし、回復魔法も使えるのだが、それは伏せておく。どう考えてもそんなにスキルを持っている人はいないからだ。

「そりゃすげぇ!!　剣と魔法が両方使えるって話も聞いたことねぇのに、どっちも上級の域に達してるとはな！　こいつは相当強いぞ、ミリオ！」

「だろうね。オークロード二体を殆ど一人で倒したって聞いた時には、どんな手段を使ったのか疑問に思っていたのだけど、それなら納得だ」

そう言って二人は表情を緩ませる。上に立つ者の余裕なのか、いつぞやの冒険者とは違い、俺の力を否定するつもりはないみたいだ。俺は自分の力が認められたことに少し嬉しくなる。

「……ステータスも……なかなか高い……よ」

俺の隣でユミルさんがポツリと呟く。それを聞いた他の三人はさらに興奮し始めた。

「まじか‼　何色だ、ユミル！」

「……濃い……赤……キリカより……大きい」

「あらぁ？　ということは魔力量が私よりも上ってこと？」

「……うん」

この三人が何を話しているかさっぱり分からない。そんな俺を見かねてミリオさんが口を開く。

「ユミルはね、相手の強さを色で区別出来るんだ。白、青、黄、赤の順でステータスが高く、それぞれ色が濃い程強いらしい。そしてその色は体を包むオーラのように見えていて、オーラが大きい程魔力量が多いそうなんだ。ちなみに僕とオルヴァは薄い赤でキリカが濃い黄色」

「つまり貴方はここにいる誰よりも強いことになるわ」

キリカさんはそう言うと、お手上げよといった感じで両腕を広げていた。彼女のお山が揺れる。

というかユミルさんにそんな能力があるとは。

俺は驚きを隠せず、隣に座っているユミルさんの顔を凝視してしまう。しかし、ユミルさんは俺と目が合うと、少しだけ口角《こうかく》をあげた。精一杯の笑みなのか分からないが、美しすぎる。

ステータスについてはバレてしまったのだから仕方がない。だがこの人達が信用出来るか分からない以上、自分からペラペラと他の情報を語らないよう注意しておかないといけないな。

「自己紹介が済んだなら本題に移るとしよう」

蚊帳《かや》の外になっていたヘレナさんが俺達に声をかけ、調査隊についての打ち合わせが始まった。

ギルド側が食料や馬車の手配を行ってくれるとのことなので、その辺に関しては心配しなくて済みそうだ。

出発は四日後。俺は初めての合同依頼に胸を躍らせずにはいられなかった。


調査隊出発の日。

まだ集合時間の二十分前だが、俺は集合場所である王都の検問前に向かって歩を進めていた。

そんな俺の左手には、見慣れないブレスレットが巻かれている。

俺は前日、ポーションの補充《ほじゅう》ついでにサンフィオーレ魔具店へ依頼の達成報告をしに行った。

相変わらず多くの冒険者が訪れており、フィーナさんはとても忙しそうにしていた。客が引けた後に月魔草を採取してきたことを告げ、ついでにオークロードと戦ったことを伝えたら、このブレスレットを渡されたのだ。特に豪華な装飾が施されているわけではないがどこか温かみのあるブレスレットだ。

「私のせいでアレク君を危険な目に遭わせちゃったお詫び。『厄除《やくよ》け』の効果があるブレスレットだから。大事にしてね」

フィーナさんはそう言いながら俺の左手にブレスレットをつけてくれた。勿論お代は要求されず、ポーションもサービスしてくれたのだ。

申し訳なさそうにしているフィーナさんが珍しかったので、しっかりと記憶に焼き付けておいた。

検問前には『蒼龍の翼』のメンバーが既に集合しており、他の調査隊のメンバーが到着しているかを確認したり、荷物のチェックなどをしたりしていた。

馬車に載せる荷物は殆《ほとん》どが食料で、それ以外には調査のための機材もあった。

今回、馬車をひくのはレックスではなく普通の馬だ。俺は少し残念な気持ちになりながらも、点呼《てんこ》をしていたミリオさんの元へと歩いていく。

「おはようございます、ミリオさん！」

「おはよう、アレク君。時間前行動とは感心だね。準備は万端《ばんたん》かい？」

「はい！　あのー、本当に俺は御者をやらなくていいんですか？」

今回は総勢十五名の冒険者でミーリエン湖に調査に向かう。そのうちAランクは俺と『蒼龍の翼』の四名のみ。他は全員Bランク冒険者だ。

そのため馬車は三台使用し、一台を『蒼龍の翼』が、もう一台をBランク冒険者のパーティーが、そしてもう一台にBランク冒険者のパーティーと俺が乗り合わせて行くことになっている。

その結果、俺より下位であるBランクの冒険者が御者を務めるということになったのだ。

ヘレナさんやミリオさん達は俺の強さを理解してくれているみたいだから問題ないかもしれない。しかし帯同するBランク冒険者達は良い気分ではないだろう。

ポッと出の子供に特別措置《そち》でありながらもランクを抜かれた上に、御者を務めさせられるのだから。現に周囲にいる男性冒険者からの視線はあまり居心地《いごこち》の良いものではない。

「大丈夫だよ。代わりにミーリエン湖では大いに働いて貰うんだから。君は冒険者としての実力はあるけど、経験は浅いようだからね。馬車の中で色々と教えて貰うといい」

ミリオさんは俺にアドバイスをし終えると、再び点呼作業に戻っていった。俺は周囲を見渡し、自分が乗るべき馬車へ向かおうとする。

数歩進んだところで、背後から右肩を優しく掴まれた。振り向くとユミルさんが立っていた。

「……おはよ」

「おはようございます、ユミルさん！　今日から約一週間よろしくお願いします！」

「……ん。アレクの戦うとこ……楽しみにしてる」

俺の頭を一撫でしたユミルさんは、満足そうな顔をして自分達の馬車に向かった。

俺もユミルさんの戦闘を見るのが楽しみで仕方ない。きっと可憐《かれん》に舞うように戦うのだろう。

その後暫くしてから、調査隊のメンバーが全員集合した。

ミリオさんの指示により馬車に分かれて乗る。

『蒼龍の翼』が先頭の馬車に乗り、俺は最後尾の馬車へと乗り込む。御者座には女性と男性が座り、馬車の中には男女の二人組が座っていた。

男は腰に細剣を携え、女は弓を担《かつ》いでいる。俺は二人の正面に座ると、緊張気味に話しかけた。

「初めまして、アレクと申します。本日から約一週間よろしくお願いします！」

「よろしく！　私の名前はポプラだよ！　ミリオさん達から話は聞いているから、何か分からないことがあったら聞いてね！」

　茶髪のツインテールお姉さんはポプラさんというそうだ。俺はポプラさんの挨拶が終わると、隣に座った男性の顔に視線を移す。しかし男性は俺を睨みつけると「ふん」と鼻を鳴らして顔を背けてしまった。

「ちょっとフリオ。アレク君が挨拶したんだからあんたも挨拶しなさいよ！　冒険者歴は浅くてもアレク君はAランク冒険者なんだから敬《うやま》いなさい！」

「あ？　うるせえなポプラ。俺にはアレクなんて見えねーよ」

　ポプラさんの顔を睨みつけながら怒鳴ると、フリオさんは目を瞑り上を向いてしまった。

　Bランク以上の冒険者にはランクにふさわしい立ち居振る舞いも要求されるという話だったが、この人は特例なのだろうか。それとも単に俺が嫌われているのか。

　もしかしたらこの人はユーマの上位互換《ごかん》かもしれないな。そう考えているとポプラさんが苦笑《にがわら》いしながら教えてくれた。

「フリオはね、ユミルさんのことが好きなの。だからアレク君がさっきユミルさんに頭を撫でられているのを見て苛立ってるだけだから」

「うるせぇぞポプラ！！！　いいか？　俺はこいつがAランク冒険者だって認めてねーだけだ。そもそもオークロードが出現したっていうのも信じてねぇ！　ミーリエン湖に着いたら泣いて謝る姿を期待してやるぜ」

フリオさんはそう言うと俺をあざ笑いながら再び目を閉じてしまった。オークロードが実際にいたことは『真偽の水晶』で確認済みなのに、こういう人はいるんだなーと思ってしまう。

ポプラさんもやれやれといった表情をして呆れていた。そこから休憩《きゅうけい》地点に着くまでの間、ポプラさんに、彼女達のパーティーについて色々と教えて貰った。

ポプラさん達のパーティーは、御者を務めている二人を含めてフリオさんをリーダーに据えた四人パーティー。パーティー名は『憤怒《ふんぬ》の刃《やいば》』というそうだ。

いつも怒っているフリオさんの様子から名前をつけたらしい。

御者に座っている男性の名前はウッドさんで、女性はシュウナさんだそうだ。

「皆さんパーティーを組んだのはいつ頃なんですか？」

「んー、私達はEランク冒険者になった時かな。上を目指すならパーティーを組むのは必須だったしね。だから逆にアレク君がソロでAランクになったって噂を聞いた時は皆驚いてたよ！」

「あはは、一応ソロではないんですけどね。『白銀の狩人』ってパーティーを組んでるんですが、今は相方は帰省中なんです」

「そうだったんだ！　君を勧誘しようとしてるパーティーがちらほらいたんだけど、一歩遅かったみたいだね！」

ポプラさんはフリオさんのことなどまるで存在していないかのように話を続ける。フリオさんは本格的に寝てしまったのか、馬車の揺れにも微動《びどう》だにしなかった。

休憩地点に着いたのか馬車の揺れが止まる。先を行く二台の馬車からぞろぞろと人が降りていく。

懐中時計で時刻を確認すると、ちょうどお昼頃だった。

フリオさんが降りていくとポプラさんも続いて馬車から降り、御者の二人も降りていく。

俺も地面に足をつけ、背中を伸ばして固まった体をほぐしていく。

各々《おのおの》パーティーで昼食をとり始めたので俺も一人で昼食をとろうと、空《あ》いている場所を探す。

するとポプラさんから「一緒に食べよう」と声がかかり、フリオさんは舌打ちをしていたが『憤怒の刃』の皆さんと昼食を共にすることになった。

俺は収納袋から取り出すフリをして『収納』からいつものように鍋を取り出し、火を灯すための石場を作る。ポプラさん達は既にパンと干し肉を食べ始めていた。

俺は野菜を風魔法で細かく切り、ボアの肉とオークの肉をミンチにしていく。そしてトマトと塩、酒を少量入れて即席スープを作った。

隣に座っているポプラさんの喉がゴクリと音を立てる。俺はポプラさんに声をかける。

「ポプラさん達も食べますか?」

「い、いいの?」

「ええ。多めに作ったんで皆さんの分はあると思います」

「やったー! ほら皆お礼して!!」

ポプラさんがはしゃいでパーティーの皆に声をかける。ウッドさんとシュウナさんもスープの匂いに誘われていたようで興奮気味にお礼を言ってきた。一方フリオさんは、干し肉とパンを食べ終えると「先に行くぞ」と言って、馬車に戻っていってしまった。

「悪いな。フリオも普通なら年下には面倒見がいい奴なんだが、ユミルさんのことになると、ちょっとな」

「いいですよ、ウッドさん。好きな女性がいればそうなってしまうのも分かりますから」

「君は見かけによらず大人なんだねー! このスープも絶品《ぜっぴん》だしさぞかしモテるでしょ!」

「やめてくださいよシュウナさん! モテたことなんて一度もないですから……」

こうして初めての先輩冒険者との食事は楽しいひと時となった。

調査隊が王都を出発して二日目。俺と『憤怒の刃』のメンバーは、相《あい》も変わらず馬車に揺られていた。今はフリオさんとシュウナさんと一緒に馬車の中にいるのだが、フリオさんは昨日と変わらず俺とお話しするつもりはないようだ。

「つまり、Aランク冒険者になるためには貴族の護衛任務を経験する必要があると？」

「そうだね！　まずBランク冒険者になる時に試験を行うんだ。貴族を相手にしても問題がない立ち居振る舞いが出来るかどうかのね。その時に敬語がうまく使えなかったりすると試験には合格出来ない」

「敬語……ですか」

俺はチラリとフリオさんの顔を見る。昨日の態度を見る限りだと、どう考えても冷静な立ち居振る舞いなど出来るようには見えないのだが。

まぁ人は見かけによらないとも言うし、きっと貴族相手には冷静な対応が出来るのだろう。

そうこうしているうちに昼の休憩地点に辿り着いた。

「やったーお昼だ!!　アレク君のご飯が食べられるぞー!!」

外からポプラさんの声が聞こえてくる。同席していたシュウナさんも「そうだな」と言って立ち上がり馬車から降りていった。

続いてフリオさんが降り、俺も降りようとすると、目の前でフリオさんが立ち止まった。

よく見るとなぜかフリオさんの前にユミルさんが立っている。ユミルさんは俺を見つけると「あ」と言って駆け寄ってきた。

「……ねぇ……料理……できるの？」

「え？　料理ですか？　出来ないわけではないですが」

「……じゃあ……作って？」

ユミルさんはそう言って俺の手を引いていく。俺はそれにつられて足を前に踏み出すが、フリオさんの横を通りすぎた時、彼が鬼のような形相《ぎょうそう》をしていることに気づく。俺は慌ててユミルさんの手を振りほどいてその場で立ち止まり、ユミルさんにある提案をした。

「あ、あのですね。今日はフリオさんにも料理をご馳走《ちそう》する予定だったんです！　フリオさんも昼食ご一緒してもいいですか？　ね、フリオさん！」

俺がフリオさんに向かって声をかけると彼の表情は一変し、頬を染めて直立しシドロモドロになりながらも返事をした。

「あ、あぁそうだったな！　こ、この『憤怒の刃』のリーダーフリオも昼食を共にする予定だったな！」

そう言って俺の肩に優しく手を置くフリオさん。どうやらポプラさんの言う通りフリオさんはユミルさんのこととなると完全変異《へんい》を遂げるらしい。

「……いいよ……いこ」

ユミルさんは俺の提案を了承してくれて再び俺の手を引っぱり始める。俺はマズイと思いフリオさんの顔を横目で見るが、彼は鼻の下を伸ばしてスキップしながらついてきた。もはや俺のことなど全く見えていないようだ。俺達はそのまま、『蒼龍の翼』の人達が座って待つ場所へと歩いていく。既にミリオさんによって座るための丸太は準備されていた。

「……連れてきた」

ユミルさんが三人に向かってそう告げる。オルヴァさんは高笑いし、ミリオさんは少し驚いていた。キリカさんに関しては、あの顔を見る限り、どうでもいいといったところだろう。

「本当に連れてきたんだね、ユミル。おや？　フリオ君も連れてきたのかい？」

「……フリオ……一緒に食べるって」

ユミルさんに名前を呼ばれたフリオさんは、両目から大粒の涙を流し地面に崩れ落ちた。膝をついて天を仰《あお》ぎ、「死んでもいい」と口にしている。

俺はその姿にドン引きしながらも、ユミルさんから料理の指令を賜《たまわ》ったので早速調理を開始した。ユミルさんはフリオには一切目をくれず、俺が調理しているところを凝視している。

俺はささっと石を並べて木を投入し火をつける。その上に底の厚いフライパンを置いて多めの油を投入しておく。

木のボウルを三つ用意し、卵、小麦粉、パン粉をそれぞれに入れる。『収納』からオークの肉を取り出して二センチ程の厚さに切り、小麦粉、卵、パン粉の順にお肉をくぐらせる。

油の温度が上昇したことを確認したら周りに油が跳ねないようにそっとお肉を投入し、

しっかり揚げる。

火が通ったら、油からあげて網《あみ》の上に載せて油を切る。その間に人数分の揚げ物をこなしていく。勿論キャベツのせん切りも忘れずに。

先に揚がったものからまな板の上に載せて、丁寧に包丁で切っていく。風魔法で切らない理由はこの料理に対する愛情だ。

等間隔《とうかんかく》に切った肉を皿に載せせん切りしたキャベツを添える。さぁこれで完成だ。

「出来ました！『トンカツ』です！冷めないうちに召し上がってください！」

俺は『蒼龍の翼』の四人と、天を仰ぐフリオさんの目の前にお皿を置く。初めて見た料理なのか、四人は物珍しそうに眺めていた。

「『トンカツ』なんて聞いたことないけど。美味しそうだね！」

「本当ねぇ。きれいな色してるわー」

そう言って二人は手づかみでトンカツを食べ始める。外でこんな料理を食べられると思っていなかったのか、フォークは持ってきていないようだ。切れ端《はし》を口に入れたミリオさんとキリカさんは大きく目を見開き大興奮し始める。

「凄い!!　外はサクサクなのに中の肉はなんてジューシーなんだ！」

「こんな美味しいお肉食べたことないわよ……何のお肉？　もしかしてキングボア？」

「これはオークの肉ですよ！」

キリカさんは俺の答えが予想外だったのか、口を開けたまま何度もお肉と俺を交互に見ていた。俺的にオークの肉は脂ものっていて、美味しいから大好きなんだけど。

そう思いながら俺が自分の皿の上のトンカツを食べ始めると、隣から物凄い視線を感じる。

目を向けると、自分の皿を空《から》っぽにしたユミルさんが無表情で俺を見つめていた。

「ユミルさん、どうしたんですか？」

「おかわり、ちょうだい」

いつもより流暢《りゅうちょう》に喋りながら、空《から》になった器を俺に押し付けてくるユミルさん。

残念ながら、これが夕方であればおかわりを作れたのだがまだお昼だ。今後の移動に差し支えがあってもいけないので、おかわりを作る時間がない。

「すみません、ユミルさん。おかわりはないんですよ。夕食の時はおかわりもたくさん作りますから我慢してください」

「……分かった」

ユミルさんは承諾しながらも、目に見えて落ち込んでしまった。うつむき、空《から》になったお皿をツンツン指で突ついている。

俺は自分の料理でこんなに喜んで貰い、落ち込まれるとは思わなかったので、サッと自分の分を一切れユミルさんのお皿に移してあげた。

その瞬間、ユミルさんはバッと俺の方に顔を向けると驚いた顔をしながらお皿に乗ったトンカツを掴み、ノールックで口の中へと運んでいく。

「……ん……いいの？」

口の中に運び終えたユミルさんは、食べ終えた後に俺に確認を取ってきた。順番が逆なのだが仕草が可愛すぎてそんなことは全然気にならなかった。

「いいですよ。そんなに美味しそうに食べて貰えるなら、こちらとしても嬉しい限りですから。もう一つあげますよ」

俺はそう言って自分の皿からもう一切れユミルさんにあげようとする。しかし既に俺の皿にはトンカツは残っていなかった。なぜだと思い周囲を見渡す。だが犯人は俺の隣にいた。

「すげーなこれ!!　めちゃくちゃ旨《うま》いじゃねーか!!」

「……オルヴァさん」

「ん？　食べていいって言っただろ？」

「……そうですね」

俺はため息をつき、ユミルさんに謝ろうと顔の向きを変える。だがユミルさんは既に丸太から立ち上がり腰に携えた細剣の柄を握りしめていた。

「……オルヴァ……どう死ぬ？」

「ちょ！　ユミルさん!!」

俺は急いでユミルさんの前に立ちはだかる。だがその殺気は俺を貫きオルヴァさんへと向かっていた。しかしオルヴァさんも譲《ゆず》らぬようで、背中に装備していた大剣を鞘から抜き始める。

それなのにキリカさんもミリオさんもなぜか表情一つ変えず、片付けをしていた。

「ユミルは先に貰っただろ？　俺だってあんな量じゃ足りねーよ!!」

「関係ない。アレクは私にくれると言った。それを奪ったのはオルヴァ」

ユミルさんは怒りの感情が上昇していくにつれて、ドンドンと喋りが流暢になっていく。

お互いの殺気がぶつかり何かが起きる、そう覚悟を決めた時、奇跡が舞い降りた。

「ゆ、ユミルさん!!　お、お、俺のトンカツ全部食べていいですよ!!」

その声に俺とユミルさんとオルヴァさんは動きを止め、声の主へと視線を向ける。

そこには一切れも消費されていないトンカツを持ったフリオさんが立っていた。天を仰いでいたフリオさんは意識を取り戻したのだ。

「……いいの？」

ユミルさんは剣を鞘にしまいながら、ゆっくりとフリオさんの方へと歩いていく。

「は、はいぃぃ！」

フリオさんは全身を硬直《こうちょく》させつつも必死に返事をした。

「……フリオ……ありがと」

ユミルさんはそう言いながら、フリオさんのトンカツをむしゃむしゃと食べ始め、あっという間に平《たい》らげてしまった。後ろでオルヴァさんがギャーギャー騒いでいるが、今はそんな場合ではない。

俺はすぐにフリオさんの所へ駆け寄り彼の脈を測《はか》る。両目から涙を流したフリオさんは頭から何かが抜けていくようだった。

「……脈が……ない」

彼は嬉しさのあまり、心臓の鼓動を停止させてしまったのだ。

結局その後、俺の必死の心臓マッサージの甲斐もあり、一命をとりとめたフリオさんは、昨日からの態度を一転させ俺のことを『兄弟』と呼ぶようになった。

「おいアレク！　起きろ！　もう朝だぜ‼」

調査隊が出発してから三日目の朝。土のベッドに寝そべる俺に誰かが声をかける。

眠気眼《ねむけまなこ》を擦《こす》り、ぼんやりとした視界の中で声の主を探すと、笑顔のフリオさんが俺の肩に手をかけていた。俺は横になったままフリオさんに返事をする。

「ん、おはようございますフリオさん」

「おう！　今日もいい天気だぜ！　俺は先に向こうに行ってるから、アレクも顔洗って早く来いよ！」

そう言ってフリオさんは小屋の外へと出ていった。俺は土のベッドから起き上がり伸びをする。

『収納』からベッドを取り出すことが出来なかった俺は仕方なく土のベッドを作って寝たため、体がバキバキになっている。同じ小屋で寝ていたウッドさんの姿は既にない。

出発一日目の夜に俺はミリオさんに小屋の建築について相談をした。以前の経験から、自分勝手に建てることはあまりいい結果を生まないと学んだためだ。

しかしミリオさんは俺の意見を素晴らしいと言ってくれて、男性と女性で小屋を分け、四人で一つの小屋にすれば俺の魔力消費も少なく済むし、皆もしっかり休めると提案してくれた。

一日目はウッドさんと俺が同じ小屋でフリオさんは使用しなかったが、昨日の出来事があり俺達は三人で同じ小屋に寝泊まりをした。

俺は水魔法を使ってむくんだ顔を洗う。収納袋からタオルを取り出し顔を拭き、俺は小屋の外へと出ていく。

既に他の冒険者達は朝食の準備を済ませており、パーティーに分かれて食事をとっていた。

俺も自分の分を作ろうと空《あ》いている場所を探し始めるが、ミリオさんに手招きをされたため『蒼龍の翼』の皆さんがいる所に歩いていった。

「おはようアレク君。君の小屋のおかげでぐっすり眠れたよ」

「おはようございますミリオさん。役に立てて何よりです」

「これから朝食をとりながら今日の調査について話がしたくてね。悪いんだけど僕達と朝食を共にして貰えるかな？」

「分かりました。ご一緒させて頂きます」

見ると朝食は既に用意されており、肉をパンで挟んだサンドイッチのような料理だった。

俺達はそれをつまみながら本日の調査について話し始める。

「あと半日程でミーリエン湖に到着する予定だが、少し懸念していることがあってね。そのことについて話しておきたい」

「懸念ですか？　もしかしてオークロードが残っているとか？」

「その可能性も否定はしきれないのが現状だ。アレク君は二体のオークロードに遭遇したと言っていたね？」

俺はミリオさんに確認を求められて、先日のことを思い出す。あの時、確かにオークロードは二体いた。周囲のオークに関しては確認することが出来なかったが、同じような体格をしたオークは他にいなかったと記憶している。

「そうですね。周囲に十体程オークはいましたけど、オークロードは二体でした」

俺の返事を聞いたミリオさんは小さく「そうか」と呟いた。そして手に持ったサンドイッチ擬《もど》きを口の中へ放り込むと、一気に呑み込んで続きを話し始める。

「ということは、ミーリエン湖において異変が起きているのは間違いないな」

「そうみたいだな。多分なんかいるぜ」

「そうねぇ、楽なモンスターならいいんだけど。そうもいかなそうねぇ」

ユミルさんを除《のぞ》く三人は少し険しい表情になり、体から薄く殺気が漏れていた。なぜオークロードが二体いるとまずいのだろうか。

ただ単にオークが異常発生していたからじゃないのか？　俺が疑問に思っていると隣に座ってサンドイッチを頬張っていたユミルさんが理由を教えてくれた。

「……二体のオークロード……群れに王は……二人もいらない」

「そういうことだ。オークであっても群れは群れ。オークの群れの中にジェネラルが複数体いることは稀《まれ》にある。その場合、八割がたオークロードがいるんだ。だが今回は群れの中にオークロードが二体いた。つまりロード以上の存在がいた、もしくはこれから生まれる可能性がある」

「オークロード以上の存在……」

俺は自らが口にした言葉を呑み込み、小さな期待を膨《ふく》らませずにはいられなかった。

一体どんなモンスターが出てくるのだろうか。もし出現したとしてそいつは一体どんなスキルを持っているのか。

俺はうずうずしてきて早く出発したくなった。

■

草木が生《お》い茂《しげ》るミーリエン湖の畔には、複数のモンスターの死体が散《ち》らばっていた。

その死体をまるでゴミのように踏みつけながら歩く、一人の男がいた。黒い服に身を包み、その髪はモンスターの返り血に染まったわけではないが、深紅の血のような赤色だ。

鋭い目つきの男は悪態をつきながら、モンスターの死体が積まれた場所に座り込む。

「全くよー、なんで俺様がこんなとこに来なきゃいけねーんだ」

赤髪の青年は自分の欲望のままに行動が出来ないことに苛立ちを隠せずにいた。

「セツナが行けって言うから来たけどよー、ネアで良かったろーが！　俺は人を殺せりゃそれで満足なんだよ！　それなのに『オークロードがやられたみたいだから様子を見てきて欲しい。ついでに実験してきてくれないか？』だと？　ふざけんな!!」

青年は立ち上がり天に向かって叫び声をあげる。暫しの間その行為は続き、青年の怒りが頂点に達する頃には、その声に呼ばれたかのようにモンスターが彼を囲んでいた。

「あぁ？　次から次へと溢れてくんじゃねーよ雑魚《ざこ》が！」

青年がモンスターに手のひらを向けると、その手からは黒い炎が打ち出される。

黒い炎の球に衝突したモンスターは体を黒い炎に包まれ暴れだす。周囲のモンスターにぶつかると黒い炎は伝染《でんせん》していき、触れてしまったモンスターは灰と化していった。

「お前ら雑魚がこの俺様に歯向かうなんざ千年はえーんだよ!! 死んで出直してこいや!!」

彼は自身の怒りをぶちまけるかのように、自分を囲んでいたモンスター達を嬲《なぶ》り殺していった。しかし、周囲にいたモンスターを全て灰にしてしまったことに気づき、大きく項《うな》垂《だ》れる。

「ミスった……もっかい集め直しじゃねーか」

ため息をつきながらトボトボと歩き始める青年。自身に託《たく》された使命を遂《すい》行《こう》するために嫌々ながらも行動を開始する。

そんな彼にも幸せは訪れる。

自身の欲を満たすことが出来る最高の食材が、着々と彼との距離を縮めていた。

■

朝食をとり終えた俺——アレクは、再び馬車に乗りミーリエン湖に向かって進んでいた。

俺は今フリオさんとポプラさんの三人で馬車に乗っている。

昨日の出来事から今日までの間で、フリオさんの印象は百八十度変わった。

ユミルさんが関わらなければ、彼はとても年下思いで良い人だった。口は悪いものの、冒険者としての知恵や野営の見張りについても詳しく教えてくれたのだ。

だが問題もあった。というか唯一の欠点といっても良いかもしれない。

「だからな？　俺はダイヤの指輪を渡そうと思ってんだ！　いかすだろ？」

「そ、そうですね」

今は七月に控えたユミルさんの誕生日プレゼントについて話しているところである。彼は何を思ったのか、昨日の一件からユミルさんと特別な関係になったと勘違いをしているのだ。

好きな相手に名前を呼び捨てにされたことがどれだけ嬉しかったのかは知らないが、彼は既にユミルさんと相思相愛《そうしそうあい》だと思っているらしい。

今まで会話をしたことがない相手に対し、ダイヤの指輪を送るとか正直どうかしている。

フリオさんの隣に座って話を聞いていたポプラさんもドン引きして彼と距離を取っていた。

「それで満月の下で寄り添いながらこう言うんだ。『月が綺麗だな』って。完璧だろ？」

俺はフリオさんの口から出た言葉に耳を疑った。

（『月が綺麗だな』だと？　もしかしてこの世界にもその告白文句は実在したのか？　もしそうだとしたらアリスが言っていたあの言葉は……）

俺は首を横に振り、あるわけないと自分に言い聞かせる。

「フリオ……もしそれが実現したとして、ユミルさんがＯＫしてくれると思ってるの？」

「当たり前だろ!!　きっと『いつもより綺麗に見えるよ、フリオ』って言ってくれるに決まってる！」

「気持ち悪……。ユミルさんと交流もないアンタがＯＫ貰えるわけないでしょ！」

二人の会話を聞いた俺は膝に肘をつき拳を顎に当てる。まるでかの有名な『考える人』のごとく、体を硬直させ、思考を巡らせていた。

俺は微かな希望の光にすがるかのようにポプラさんに問いかける。

「あのー、『月が綺麗だな』ってどういう意味なんですか？　さっぱり分からなくて」

「アレク君は知らなかったのか。フェルデア王国では割と鉄板の告白文句なんだよ！　だからわざわざ満月の日に告白する人も多いんだよ？」

「そ、そうなんですね。ちなみに返事は何て言えばいいんですか？」

「ＯＫの場合、大体の人は『そうですね』かなー。でもたまに『いつもより綺麗に見える』って答える人もいるみたいだよ？　私はそっちの方が好きだけど！　ちなみにＮＧの時は『無言』だからね。だからフリオは無言で返されると思うよ」

「そんなわけないだろうが!!　きっとＯＫしてくれるはずだ!!　なぁアレク！」

フリオさんに同意を求められた俺は、返事をすることが出来なかった。今向かっているあの場所で、俺はアリスにＯＫの返事をしてしまったということだ。

体の奥底が熱くなり始める。

今まで全くそういう意識を持っていなかったのに、急にアリスを異性として考えるようになってしまった。

しかし、アリスがそういう気持ちで発言したとは言い切れないのではないか？　もしかしたら、普通に月を見て綺麗と呟いたかもしれない。俺は必死に自分の考えが正しいと思い込む。

だが気持ちに整理がつかないまま、馬車は刻々《こくこく》とミーリエン湖に近づいていった。

ミーリエン湖の畔付近の林のずっと手前で馬車が止まる。

俺は胸の底にある熱い何かを必死に抑え込んで、馬車から降りた。湖まではまだ距離があるのだが、ここを調査隊の起点とするらしい。

ミリオさんの指示により、調査隊の本部で指示を出す者と調査をしに行く者で分かれることになった。

ミリオさんが本部に残り、他の『蒼龍の翼』の面々が一人ずつ各パーティーに振り分けられてBランク冒険者を率いることになり、俺と『憤怒の刃』の所にはオルヴァさんが合流した。

「よろしくな！　俺達の部隊はアレクがいるから、行動範囲も広くなるぞ！　実際にオークロードと戦闘した場所まで向かって調査する！　何か異変を感じたらすぐに報告するように！」

「分かりました！」

フリオさんが返事をすると俺達は歩き始める。勿論俺は『探知』スキルを使って周囲の状況を確認していた。

この時点で違和感はない。モンスターの数が少し少ない気もするが、以前が多すぎたのかもしれない。俺はオルヴァさんの後ろについて歩き、周囲の観察をしていた。

「ここです！　ここがオークロードと戦闘した場所になります！」

俺が放った炎の焼け跡《あと》が微かに残っている地面を見つけ、オルヴァさんに声をかける。

声をかけられたオルヴァさんは地面に膝をつき、両手で辺りをくまなく調べ始めた。

俺やフリオさん達も見よう見真似で周囲の調査を開始する。しかし、何も発見することは出来ず、調査は難航《なんこう》した。

「人工的な痕跡《こんせき》は残ってねーな。異常な魔力痕もないし、大型モンスターの足跡《あしあと》も見当たらない。こりゃちょっと厄介だな」

「人工的って、オークロードを出現させるような人工物があるってことですか？」

「そこまでの物は知らねーが、数十年前にベルデン魔法王国でモンスターを人工的に発生させる装置が開発された噂がある。そいつはゴブリンやホーンラビットのような低級モンスターを発生させられるらしい」

オルヴァさんはそう言うとスッと立ち上がり、今度は木々の上を観察し始めた。

ベルデン魔法王国は確かフェルデア王国のように人間が治《おさ》めている国だったはずだ。だが何の目的があってそんな装置を開発したのだろうか。

正直、他国がそんな装置を開発させたとなれば周辺国は黙ってないだろう。軍事利用目的ともなれば目の敵《かたき》にされるのは必至《ひっし》だ。

「そんな装置を作ったらまずいんじゃないですか？　戦争に使われたりしたら」

「まぁ確かに危険性はある。だがモンスターは人のいうことを聞かないし、あくまで噂だからな」

モンスターは人のいうことを聞かないか。じゃあ俺が持っている『使役』のスキルは何の役に立つのだろうか。後で『鑑定』してみるか。

そんなことを考えていると、湖の方から男の叫び声が聞こえてきた。

「クソガァァァァア！！！」

あまりの声の大きさに俺達は全員が声の方向に顔を向ける。オルヴァさんはすぐに声の方向へと走り出す。俺とフリオさん達も後を追って走り出した。

『探知』スキルを発動させると、湖の近くに人間の反応がある。暫く走って林を抜けたその先には、モンスターの死体が山のように積まれていた。

その上に赤髪の青年が上を向いて立っている。周りを見ると、声につられたのか本部に残った人達以外の冒険者が全員集まってきていた。

俺達の存在に気づいた赤髪の青年は下を向いて、嬉しそうに笑いながらその口を開いた。

「おいおい！　なんかいると思ったら人間じゃねーか！　こいつは最高のプレゼントだな！」

冒険者の姿を食い入るように見るその目は狂気に満ちていた。体からは殺気が漏れている。

初めて見る人種に俺は体を震わせた。

オルヴァさんは背負っていた大剣を構えると、青年に向かって声をかけた。オルヴァさんの額からは汗が流れている。

「お前さんここで何をしてるんだ？　さっきの叫び声はお前さんか？」

「ああ？　人間風情《ふぜい》が俺様に話しかけ……おいおい!!　お前『剛剣のオルヴァ』じゃねーか！　最高かよ！」

「何だ俺のこと知ってるのか。だったら話は早い。さっきの質問に答えてくれ」

「ああ？　あー、ここで何してるかだったか。実験だよ、実験！　セツナに頼まれてなぁ！」

「実験？　何の実験だ」

「俺様にはよく分かんねーけどよー。モンスターの死体とこの石を使って、新たなモンスターを生み出す？　とか言ってたな！」

赤髪の青年はそう言うと何もない場所へ手を突っ込んだかと思ったら、俺の『収納』スキルのように手が消え、再び現れた右手には石を掴んでいた。

それを見たオルヴァさんは青年に向かって話しかける。その間にユミルさんの部隊とキリカさんの部隊は、青年の死角へと移動を開始していた。

「もしかしてだが、ここにオークロードが二体も同時に発生したのはお前達のせいか？」

「んー、まぁそうかもしんねーな」

「何の目的があってそんなことするかは知らんが、流石に見過ごせない。その石を俺によこしてお前さんもこっちに来い。話をじっくり聞かせてくれや」

「あー、それは出来ねー相談だ。そんなことしたら俺が怒られちまう。それに俺の姿を見たお前達を生きて帰すつもりはねーぞ？」

「そうか……なら仕方ない」

オルヴァさんがそう告げた瞬間、青年の死角から八本の火の矢が放たれた。

しかし炎の矢は、青年が発した黒い炎の渦に呑み込まれていった。

「バレバレだっての。ほら、お返しすんぜ」

青年がそう言うと黒い炎の渦が数えきれない程の炎の矢に変貌し、放たれた方向目掛けて飛んでいく。その先にはキリカさんがいた。キリカさんは水の壁を出現させ飛来してきた火の矢を防ぐ。

「おおーやるじゃねーか！　そんじゃーまぁ……全員殺すとすっか！」

青年はそう言うと空中へと飛び上がる。

「お前ら全員よーく覚えとけ、これから死にゆく有象無象《うぞうむぞう》どもが！」

青年の周りに黒い炎の球体が浮かんでいく。

「俺様の名はグレン・ドワール！　俺様の黒炎に抱かれて死んでいけ‼」

周囲に浮かんでいた黒い炎の球体が冒険者達へ向かって飛来していく。

俺は咄嗟《とっさ》に剣を抜き、自分目掛けて飛んできた球体を切ろうとする。

しかしすんでのところで「触れたらまずい」と直感し、横に飛び跳ねて回避した。

俺に当たることなく地面に衝突した黒い炎は、だがそこで消えることはなかった。

「な、なんだこれ‼」

前方からフリオさんの焦った声がし、俺は慌ててフリオさんの方へと顔を向ける。なんと彼の武器が黒い炎に包まれ、今にもその炎がフリオさんの体に移ろうとしていた。

「武器を捨てろ‼」

オルヴァさんの声により、フリオさんはすぐさま武器を投げ捨てる。地面に投げ出された武器からは炎が消えることはなかった。

オルヴァさんはそれを確認すると、赤髪の青年を見据《みす》えながら周囲の冒険者に呼びかける。

「アイツの炎に触れるな！　通常の炎とは何か違う！　触れた部分から周りに侵食《しんしょく》していくぞ！」

オルヴァさんがそう叫んだのとほぼ同時に、第二の黒い炎が俺達を襲う。グレンと名乗った青年は満面の笑みを浮かべていた。

オルヴァさんは地面を思いきり踏み、その力によって前方に土の壁を発生させ俺達の元に飛来してきた黒い炎を全て防ぐ。

「フリオ！　お前はミリオを呼んでこい！　ここにいても邪魔にしかならん！」

「は、はい！」

武器を使用不能にされたフリオさんは後ろへと振り返り、調査隊本部がいる方向へと走り出す。

その間に俺はグレンに対し『鑑定』を発動させた。

【名前】グレン・ドワール
【種族】人間
【性別】男
【職業】魔導士〈闇〉
【階級】なし

【レベル】70
【HP】5000／5000
【魔力】5500／6500
【攻撃力】B+
【防御力】A
【敏捷性】B+
【知力】B
【運】B
【スキル】
上級火魔法〈闇〉
上級風魔法〈闇〉
魔力上昇（大）
攻撃力上昇（中）
防御力上昇（中）
凶暴化
【エクストラスキル】
#/&/|*! &#$

（レベル70だと！　それになんだ魔導士〈闇〉って！　ステータスもオールB以上じゃないか！）

俺が『鑑定』の結果に驚愕していると、土の壁の奥からキリカさんの叫び声がした。

「ユミル!!」

俺とオルヴァさんはすぐさま横へ移動し状況を確認する。

変わらずグレンは宙に浮かんでおり、その近くには、右肩の鎧部分が剥《は》がれ落ちて苦しそうに膝をついているユミルさんの姿があった。

俺はオルヴァさんに向かって声をかける。

「オルヴァさん！　相手は『上級火魔法』と『上級風魔法』を使います！　浮かんでいるのも『飛翔』という魔法のはずです！　それに『火矢《ファイヤーアロー》』を吸収した黒い炎の渦も恐らく『炎盾《フレイムシールド》』という魔法！　火魔法以外の攻撃なら吸収されないと思います！」

「分かった！　全員よく聞け！　火魔法は通じねー！　それ以外の魔法を使え！　弓使いはどんどん狙っていけ！」

オルヴァさんは聞き返すことも否定することもなく、即座に周囲の冒険者に指示を出す。

その言葉を聞いたグレンは表情を歪《ゆが》ませる。その隙にユミルさんは離脱《りだつ》し、ポーションを飲んで傷を癒やした。

「よく分かったじゃねーか！　だがそれが分かったところで意味はねぇ！」

そう言い放つと、グレン目掛けて放たれた魔法や矢を軽々と飛んで避けていく。

オルヴァさんは舌打ちをした。だが俺は、このままグレンが避け続けることが出来ないのを知っている。

なぜなら『飛翔』を使ったことがあるから。俺は周囲の冒険者に向かって叫ぶ。

「彼は『飛翔』という魔法を使って飛んでいます！　『飛翔』は魔力消費量がかなりデカいので、このまま永遠に飛び続けることは出来ません！　それまで攻撃し続けましょう！　地面に落ちればこっちのものです！」

そう言い放ち、俺自身もグレンに向かって魔法を撃ち始める。

「『土弾《アースバレット》』！」

握り拳程の大きさの石をグレンに向かって飛ばす。周囲から数多《あまた》の攻撃が飛んできているにもかかわらず、彼は俺の魔法を飄々《ひょうひょう》と躱していく。

しかし、彼の魔力は少しずつだが減少《げんしょう》していっているのは確かだ。それに攻撃を躱すので精一杯なのか、黒い炎の攻撃は飛んでこない。

「ほらほらほらほら!!　もっと俺を楽しませてみろや！」

自身の生命が脅《おびや》かされているというのに、グレンは愉悦《ゆえつ》を感じているようだった。まるで久しぶりに楽しい玩具《おもちゃ》を見つけた子供のように。

俺はそんなグレンに狙いを定める。今度は数じゃなく、速さで勝負するために。

「あー最高だよお前ら！　でも楽しい時間はこれまでだ！」

グレンが言葉を放ったその時、グレンの動きが一瞬止まる。オルヴァさんから視線を離したこの隙を見逃さず、俺は自分が放てるものの中で最高速度の魔法を放った。

「『雷槍《サンダーランス》』！」

俺の右手から放たれた雷の槍は目にも留まらぬ速度でグレンの体を貫く。グレンは俺の魔法が当たる直前で気づき、回避しようとする。

そのせいで俺が狙いを定めた場所ではなく、グレンの右肩から右腰部分が雷に貫かれた。夥《おびただ》しい量の血が流れ出し、臓器《ぞうき》が丸見えになっている。グレンは吐血し地面に落下し、体はピクリとも動かない。

その光景を目《ま》の当たりにした俺は体温が急激に下がっていくのを感じた。

俺の心の奥に灯っていた炎が鎮火《ちんか》していく。モンスターとの戦いを楽しんでいた時、常に俺の心の奥底には小さな炎が揺らいでいた。その炎が静かに消えた。

俺の体は小刻《こきざ》みに震えだし、額からは冷や汗が流れ、呼吸もどんどん荒くなっていく。

俺は今、人を殺したのだ。この手で。

震える手、苦しくなっていく呼吸。そんな俺を見かねてか、オルヴァさんが優しく肩を叩く。

「仕方ない判断だ。お前は間違っていない。アイツの魔法で俺達の誰かに犠牲が出てもおかしくなかった。お前はそれを守ったんだ。自分を誇れ」

「……オルヴァさん」

優しく微笑みかけてくれるオルヴァさん。

そのおかげか、俺の心は次第に落ち着きを取り戻していった。視線をグレンの元へと戻すと、死亡確認をするためかBランク冒険者がグレンの死体に近づいていた。

俺も自分が殺してしまった相手の元へと歩いていく。せめて、彼の死に祈りを捧げなければ。

「キャー!!」

女性の叫び声がした。

俺の目には、半身を失ったはずのグレンが、Bランク冒険者の心臓を貫く姿が映っていた。

「はぁ、はぁ……クソガァァァァ!!!」

心臓を貫いていた手を引き抜き、叫び声をあげるグレン。目の前の冒険者の死体を踏みつける。

すると、俺を睨みつけていたグレンの体に異変が起きる。なんと失っていたはずの半身がみるみるうちに元へ戻っていったのだ。

息を荒くし、口から血を流しながら俺を指さすグレン。

「白髪野郎がぁ！　てめぇのせいで一回死んだじゃねーか!!」

矛盾《むじゅん》した言葉を叫ぶグレン。彼の言う通り、確かに彼は死んだはずなのだ。それなのになぜ彼は今両足で地面に立ち、呼吸をしているのだ。

目の前で起きている出来事に冒険者達は冷静さを失っていた。

そんな状況下にもかかわらず、俺は自分が殺人を犯していなかったことに安堵していた。冒険者仲間が死んだというのに。その死を悲しむことよりも、この手が血で染まらなかったことに安堵している自分がいたのだ。

「総員構えろ！　奴を捕らえようと考えるな！　殺せ！」

俺達の後ろからミリオさんの声がする。その声に、動揺していた周りの冒険者達も各々武器を構え始めた。仲間の死を悲しむより先に、眼前の敵を倒すために。

だが殺人と仲間の死に同時に直面した俺は、自分の剣を鞘から引き抜くことが出来なかった。

ミリオさんの合図と共に、グレンに向かって攻撃が飛んでいく。

向こうは失った半身を復元させたものの足元がおぼつかず、虫の息である。そんな風に見えていたのだ。

「『黒炎新星《ブラックノヴァ》』」

グレンが言葉を発した瞬間、奴を中心に大爆発が発生した。グレン目掛けて飛来していった攻撃は全てかき消され、周囲にいた冒険者全員が吹き飛ばされる。

湖の畔周辺の木々は一つ残らず倒れていき、湖の水も殆どが蒸発《じょうはつ》してしまう程の爆発だった。

爆発が収まった時、グレンの周りには誰もいなかった。

吹き飛ばされ、体中がボロボロになりながらもオルヴァさんは立ち上がる。その後すぐに、ミリオさんも盾を杖代わりにし、足を震わせながらも立ち上がった。

俺はそんな二人を見ても、立ち上がることが出来ない。

「簡単には死なさねぇぞ白髪野郎がぁ！　お前の四肢をもいで目ん玉焼きつぶしてやる！　それからゴブリンどもの餌《えさ》にしてやらぁ‼」

グレンは血反吐を吐きながらも俺の顔を睨みつける。

その瞳にはギラギラとした憎悪の光が灯っていた。俺はその憎悪の強さに怯え、後ずさりする。自身の傷を癒やすことも忘れ、立ち上がることも出来なかった。

「アレクを背負って逃げろ、フリオ」

「え？」

オルヴァさんはポーションを飲み干した後、そう口にした。俺が「なぜ？」と聞き返す間もなく俺の体は後ろから担ぎあげられる。

装備がボロボロになりながらも俺を担いだフリオさんは、一心不乱《いっしんふらん》にグレンがいるのとは反対方向へと走り出した。

「フリオさん！　待ってください！」

「……黙れ」

「フリオさん！」

「黙れよ！　今のお前に何が出来る！」

フリオさんのその言葉に、俺は言葉を呑み込むしかなかった。

後ろからグレンの声が聞こえてくる。その声によって俺の体は小刻みに震え、仲間の心臓が貫かれた映像が再び脳裏《のうり》をよぎる。

「お前は強いよ。さっきの魔法を見れば分かる。でもな……初めて殺しを経験した奴は大抵何にも出来なくなるんだ。ましてやお前はガキで、今まで人殺しの経験なんてねーだろ？　俺ですら初めて人を殺《や》ったのは二十を過ぎてからだ」

「……」

「オルヴァさんも分かったんだろ。お前の顔から血の気《け》が引いた時、使いものにならねーってな。だがそれは今の話だ」

フリオさんはそう言うと俺を地面へと降ろした。そして向きを変え、グレンのいる方へと歩き始める。

「お前はこのまま逃げてギルドに報告しろ。きっとSランク冒険者を呼んで貰えるはずだ。

そんでお前は覚悟を決めればいい。それからでも遅くはねぇ」

「フリオさんは……」

「バカお前、あそこにはユミルさんがいるんだぞ？　ここで俺がカッコつければ最高じゃねーか！　……それについでだが、ポプラもいるからな。アイツは死なせたくねぇ」

俺の方へと振り返り、作り笑いを浮かべる。その顔は死地に向かう覚悟を決めた漢《おとこ》の顔だった。

フリオさんは俺の胸に拳を当て、諭《さと》すように語ってくれた。

「人を殺していい気分になる奴なんかいねぇ。お前が嫌な気分になってるのが正しいんだよ。誰だって人を殺す選択肢なんか選びたくない。でもな……自分の大切なモンを守り抜くためには、その選択をしなきゃいけねー時もあるんだ。俺にとっちゃ今がその時だ」

「今がその時……」

「お前にもいつかその時が来るさ。たとえ周りから『悪《ワル》』だと言われようが、自分にとっちゃ『正義』である時がな。その時は迷わず殺せ！　迷って自分の大切なモン失ったら、それこそおしまいだ」

「……」

フリオさんの言葉はきっと間違ってはいない。この世界において『殺し』は身近なものであり、場合によっては正当化されてしまう。

日本で生きてきた俺にとって『殺し』は無縁《むえん》なものであり、『殺し』はどんな時でも『悪』だった。

しかしここは、もう日本ではない。守りたい存在だってこの場にたくさんいる。

フリオさんの言葉によって、再び心に小さな炎を灯した俺は、グレンの元へと走っていくフリオさんを呼び止め、ある提案をした。グレンを確実に〝殺す〟ための提案を。

フリオさんは真剣な表情をして「覚悟は出来たのか？」と聞き返してきた。

俺が深く頷くと、一言「そうか」と言って、その策に乗ってくれた。

そして今現在、グレン以外誰も立つことが許されない状況の中で、ただ一人グレンに対《たい》峙《じ》する漢が俺の目の前にいる。『憤怒の刃』のリーダー、フリオだ。

「さっきから何やってんだお前！　俺の仲間ボロボロじゃねーか‼　どう落とし前つけるつもりだぁ！」

足を震わせながら剣を構えるフリオさん。その姿を見てグレンは再び怒りをあらわにする。

矮小《わいしょう》な存在と認識していた者が目の前に立ち、安い挑発をしてきているからだ。

俺はグレンにばれないよう行動を開始した。

「ゴミが何の用だぁあぁ？　白髪のガキはどこ行ったんだよぉ！」

「あ、あぁあいつか？　アイツならもう街に向かったところだ！　残念だったなトマト野郎！」

「……あぁ？」

「聞こえなかったか？　トマト野郎って言ったんだよ、だせえ髪色しやがって！　お前鏡見たことあんのか？　まだゴブリンの方がましな顔してんぞ？　あ、鏡見たことねーから分かんねーのか！」

フリオさんは自分よりも遥かに強い敵に対し、体を震わせながらも俺の指示を遂行してくれた。

注意を自分に引き付け俺の存在に気づかせないために。本当は今すぐにポプラさん達を抱えて逃げ出したいはずなのに、己《おのれ》の守りたいモノを守るために。これこそが漢の中の漢だ。

「安い挑発してんじゃねぇぇよ……なにがしてぇんだ？」

「別になんもしねぇよ！　お前が可哀想になっただけだ！　お前絶対友達いねーだろ！」

「あぁ？　友達だぁ？　そんな存在、俺様には必要ねーんだよぉ‼　お前は地獄行き決定だ。楽に死ねると思うなよ？」

「やってみろやごらぁぁ！　お前こそ俺がボアの餌にしてやらぁ！」

両目から涙を流し体を震わせながらも、グレンに言い返すフリオさん。

「死ねやぁぁぁ‼　『黒炎槍《ブラックフレアランス》』！」

グレンがフリオさんに手のひらを向け魔法を放とうとしたその瞬間、俺は魔法を発動させた。確実にグレンを殺す最強の魔法を。

「『隕石《メテオ》』」

グレンの上空に浮かんでいた俺は、ヤツに向かって超巨大隕石を落下させる。

先程『鑑定』した時に、ヤツの魔力が底をつきかけていることは確認済みだ。グレンは『飛翔』を使うことがもう出来ない。

上空に突然、巨大隕石が現れたことにより、グレンは影に覆われる。

異変を感じ取ったグレンは、魔法を中断させて上を見る。だが時既に遅く、回避不能な距離まで隕石は近づいていた。

「なっ！　ざけんなぁ！！！　俺は、こんなところでぇぇ‼」

グレンは隕石に向かって両手を広げ、残していた魔力を全て使い切る程の魔法を行使する。だがそんなことで、この隕石を破壊出来るはずもない。

俺から放たれた隕石はグレンの両手にぶつかり、その小さな体ごと押しつぶしていく。

隕石が地面に衝突し、轟音《ごうおん》が響き渡る。

それから暫く経っても隕石の下からグレンが姿を見せることはなかった。

こうして俺の、二度目の『殺人』は幕を閉じた。

グレンとの戦いに決着がついた後、俺達は死んでしまった一人の冒険者を弔《とむら》った。地中に埋《う》めると魔物に掘《ほ》り起こされてしまう可能性があるため、火葬《かそう》でその亡骸を天国へと送った。

彼の名前はレイ。『楽園の使者』という四人パーティーのメンバーだった。残された三人は彼のために涙を流し、思い出を語り合っていた。

俺が隕石を落下させてから数時間が経過したが、グレンが這い出てくることもなく、俺の『探知』にもグレンの存在は検知《けんち》されなかった。

俺以外にエクストラスキルを持つ人間を初めて見た。

もし彼がまともな人間だったら、聞いてみたいことはたくさんあったのに。隕石に手を添え、俺は彼の死に祈りを捧げた。彼の魂《たましい》が安らかに眠りにつくように。

「アレク、ミリオさん達が呼んでるぞ」

背後からフリオさんに呼ばれ、俺は隕石から手を離す。

フリオさんの後ろを歩き、ミリオさん達が傷を癒やしているテントの中へと入っていった。

ユミルさんは鎧を脱《ぬ》いでベッドで寝ているようだ。他の三名も包帯を巻き、武器を体から離れた所に置いている。

「悪いね、フリオ君。それじゃあみんな集まったことだし、今回の件についてまとめをしよう」

「はい」

俺は用意されていた椅子に座る。フリオさんも同席して、会議は始まった。

「まず、今回の調査目的である『オークロードの出現』に関してだが、原因はグレンによるものだと分かった。オルヴァの質問に対しそう返事をしたようだからね」

確かにあの時、オルヴァさんの質問に対してグレンは『そうかもしんねーな』と言っていた。だが彼は誰かに頼まれて実験をしに来ていたとも言っていた気がする。

となると、何らかの団体がこの件に関与しているに違いない。それにグレンに指示を出せるということはグレンよりも強い可能性がある。

「目的は分からないが、強力なモンスターを発生させる道具を彼は所持していたということ。また、彼は一人ではなく何らかの組織に所属している。そして、彼のような人間が自由に行動をしているということは、彼が所属する組織は人間を殺すのに何ら躊躇《ちゅうちょ》しない可能性が考えられる」

「それに奴はここに指示されてやってきたって言ってたしな。奴より強いのがゴロゴロいる可能性もあるぜ」

「……グレン……黒色だった……」

ベッドで寝ていたはずのユミルさんが起き上がり、そう告げる。

俺達は言葉を詰まらせた。ミリオさん曰《いわ》く、強さの色は白から順に青、黄、赤のはず。つまりグレンは赤以上の強さだったということだ。

俺ですら濃い赤色だったというのに。だがヤツのレベルは70だったわけで、黒色であってもおかしくはない。

「黒か……。まぁとにかく彼らの目的も分からないし、どんな組織でどこにいるのかも掴めていない以上、厳重に警戒していくしかない。王都に戻りしだいギルドマスターに報告し、指示を仰ぐ。今後は王国内で似たような事例がないか、調査することになるだろう」

「そうね。ひとまずこちらから仕掛けるには情報が少なすぎるし、戦力を整えて待つしかなさそう」

「そうだな。もっと強くならねーと」

オルヴァさんはそう言いながら両手の拳を強く握りしめていた。話が終わるとユミルさんを残して他の三人はテントから出ていく。

すれ違う時、全員が俺の頭を撫でてくれた。フリオさんも俺の肩に手を置き、「ありがとよ」と一言呟いてテントの外へと出ていった。

俺も椅子から立ち上がり、外へと出ようとした時、ユミルさんから声がかかった。

「……アレク」

俺は名前を呼ばれたことに驚きつつも、振り返ってユミルさんの方へと歩いていく。

「どうしましたか？」

「……しゃがんで？」

俺は言われた通りユミルさんのベッドの横でしゃがむ。

目の前に現れた綺麗な顔に俺は頬を赤くする。

透き通った青い目、土埃で少し茶色くはなっていたが、それでもなお白い肌。そんな美しい顔に見とれていると、俺の視界が突然青色に染まった。

俺の顔は何か柔らかいものに包まれている。頭の後ろにユミルさんのか細い腕が回り、優しく抱きしめられ、ギュッとされた。

「……ありがとう……頑張ったね」

耳元で囁かれた時、自然と涙がこぼれた。

数時間前、俺は自分の意思で殺人を犯した。そのおかげで多くの人間が助かったのは確かだ。

だが俺がもっと早く覚悟を決めることが出来ていれば、レイさんが死ぬことはなかったはずだ。俺は頑張ってなんかいない。

「俺は、何も、頑張ってません」

泣くのを必死にこらえ返事をする。泣いていいはずがないのだから。しかし。そう答えた俺の頭を、ユミルさんはさらに強く抱きしめる。

「……アレクは……『死』の恐怖に打ち勝った……その震える体で、この小さな体で。……そのおかげで……私達は生きてる」

「……俺は、間違ってなかったですか？」

「……うん……私が保証する」

張り詰めていた糸がプツンと音を立てて切れた。堪えていたはずの涙が両目からこぼれ落ち、ユミルさんの青色の服を濡らしていく。

誰かに肯定して欲しかった。自分の取った行動が、決して間違いではなかったのだと。

それがたとえ『殺人』という許されざる行為であったとしても。大切な人達を守るために放った俺の魔法は、正しかったのだと。

彼女の細い体にしがみつき大声で泣きじゃくる俺を、彼女は優しく抱きしめ続けてくれた。


数時間後。俺はベッドの上で目が覚めた。

どうやら泣き続けた挙句、あのまま寝てしまったらしい。

思い返すと顔から火が出る程恥ずかしい行為だ。

ユミルさんの胸の感触《かんしょく》を思い返しながらも自分がしてしまったことに恥ずかしさを感じて、俺はベッドから降りようとシーツに手をつく。

ムニッ。

「……んっ」

ふと手に訪れた柔らかな感触と妖艶な声。自分の体を支えているベッドの硬さでは断《だん》じてない。まるでスライムを彷彿させる柔らかさだ。

しかしそこまでの大きさがあるわけではない。俺は恐る恐る手に触れたものを見ようとする。

そこにはユミルさんの可愛らしいお山が存在していた。どうやらあの後同じベッドで寝ていたらしい。

俺は自分の手の位置を確認し、一瞬硬直してしまった。

すぐさま手をお山から離すが時既に遅し。

ユミルさんの顔を見ると、綺麗な青い瞳が俺の薄汚い目を見つめていた。

「……えっち」

「す、すみませんでした！！！！」

俺は勢いよく飛び上がりテントから走り出していく。

その後、ミーリエン湖周辺を暫く走り回ったのは言うまでもない。

あとがき

この度は文庫版『最強の職業は解体屋です！ 2』を手に取ってくださり、ありがとうございます。

第二巻では久しぶりにヴァルトが登場しました。個人的にも好きなキャラクターなのでたくさん出したいのですが、さらなる彼の見せ場はもう少し先になります。

ただ、主人公のアレクの父親の策略《さくりゃく》により、仲違《なかたが》いをしてしまったアレクとアリスが仲直りできたのは、全てヴァルトのおかげと言っても過言《かごん》ではないでしょう。

実は『解体屋』を書くために諸々《もろもろ》の設定を作っていた時、アレクの周りをハーレム化するかどうかは未定だったものの、アリスとアレクの関係性や展開については先に決めていました。

私としては主人公とメインヒロインの二人が出会ってすぐに恋に落ちるような展開は望んでおらず、いくつかの試練や障害を乗り越えながら、ゆっくりと一歩ずつ互いに近づいていってほしかったのです。

そんな作者の願望のために、二人にはいばらの道を歩んでもらう羽目になりました。しかし、まだまだ二人の間には多くの困難が待ち受けています。

ようやく二人でダンジョン踏破のクエストや冒険の依頼を受けられるようになったと思ったら、今度は物理的に距離を取らされてしまう二人。その間にアレクは新しいヒロインとなる可能性を秘めた女性達と出会ってしまい……。

果たしてアレクはちゃんと一途《いちず》にアリスだけを思い続けることが出来るのでしょうか？

それとも大人の女性の魅力に落ちてしまうのか？

第二巻の終盤《しゅうばん》では、アリスを洗脳していたと思われる組織がようやく動き始めました。グレンの登場により、アレクはこの世界に来て初めて人の『死』に触れることになります。動揺するアレクでしたが、冒険者仲間の協力でなんとかグレンに立ち向かうのでした。

そしてラストでは新たなヒロイン候補のユミルさんとフラグを立ててしまうアレク。今後アリスに詰め寄られるのは間違いありません。

最後になりますが、本作を手に取って頂いた読者の皆様と、全ての関係者の方々に感謝申し上げます。次巻でも皆様とお会いできれば幸いです。

二〇二四年六月　服田晃和

アルファライト文庫

この作品に対する皆様のご意見・ご感想をお待ちしております。

おハガキ・お手紙は以下の宛先にお送りください。

【宛先】

〒150-6019 東京都渋谷区恵比寿 4-20-3 恵比寿ｶﾞｰﾃﾞﾝﾌﾟﾚｲｽﾀﾜｰ 19F
（株）アルファポリス　書籍感想係

メールフォームでのご意見・ご感想は右のＱＲコードから、
あるいは以下のワードで検索をかけてください。

アルファポリス　書籍の感想　検索

ご感想はこちらから

本書は、2021 年 10 月当社より単行本として
刊行されたものを文庫化したものです。

最強《さいきょう》の職業《しょくぎょう》は解体《かいたい》屋《や》です！ 2
ゴミだと思《おも》っていたエクストラスキル『解体《かいたい》』が実《じつ》は超有能《ちょうゆうのう》でした

服田晃和（ふくだあきかず）

2024年 6月 30日初版発行

文庫編集－中野大樹／宮田可南子
編集長－太田鉄平
発行者－梶本雄介
発行所－株式会社アルファポリス
〒150-6019東京都渋谷区恵比寿4-20-3恵比寿ガーデンプレイスタワー19F
TEL 03-6277-1601（営業）03-6277-1602（編集）
URL https://www.alphapolis.co.jp/
発売元－株式会社星雲社（共同出版社・流通責任出版社）
〒112-0005東京都文京区水道1-3-30
TEL 03-3868-3275
装丁・本文イラスト－ひげ猫
文庫デザイン―AFTERGLOW
（レーベルフォーマットデザイン－ansyyqdesign）
印刷－中央精版印刷株式会社

価格はカバーに表示されてあります。

落丁乱丁の場合はアルファポリスまでご連絡ください。

送料は小社負担でお取り替えします。


ISBN978-4-434-34030-7 C0193